天網恢々アルケミー

下村智恵理

[illegible]京の男[illegible]に転校してきた安井良。特別教室で活動している部活でも見学に、と思った放課後、化学室で奇妙な女子生徒を見かける。着崩した制服の上に白衣を羽織った金髪ギャルは、何と牛タンを焼いていた⁉　その女子生徒は、理系クラスのトップで科学部の２年生・木暮珠理だった。こんな強烈な出会いから科学部の面々と交流することになった良は、図書室の呪いの忌書事件、黄泉からの手紙事件、トンネルの悪霊事件に巻き込まれていく——。「東京創元社×カクヨム　学園ミステリ大賞」優秀賞を受賞した、学園化学ミステリ！

登場人物

安井　良……東京の私立男子校から前崎中央高校に転入。２－Ｆ
木暮珠理……前崎中央高校２－Ａの金髪ギャル。科学部で奮闘する
林瀬梨荷……前崎中央高校２－Ｅ。科学部の幽霊部員
赤木康平……前崎中央高校２－Ｃ。車好きの科学部幽霊部員

松川博斗……２－Ｆの良の友人。鉄オタ
竹内淳也……２－Ｆの良の友人。ドルオタ
梅森永太……２－Ｆの良の友人。模型オタ
支倉佳織……２－Ｆ。文芸部所属。珠理と中学時代に何かがあったらしい

吉田計彦……科学部顧問。担当教科は化学

新井奈々……養護教諭

安井弘行……良の父親。離婚後良を連れて故郷の群馬に転勤
鈴木多紀乃……良の妹。東京で母親と暮らす

天網恢々アルケミー

前崎中央高校科学部の事件ファイル

下村　智恵理

創元推理文庫

BULLETIN OF MAESAKI CHUO HIGH SCHOOL SCIENCE CLUB

by

Chieri Shimomura

2025

天網恢々アルケミー

前崎中央高校科学部の事件ファイル

【Project #33　図書室の忌書】

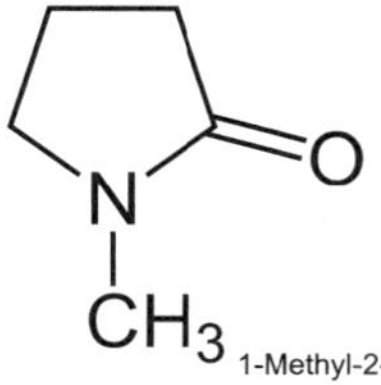

1-Methyl-2-pyrrolidone

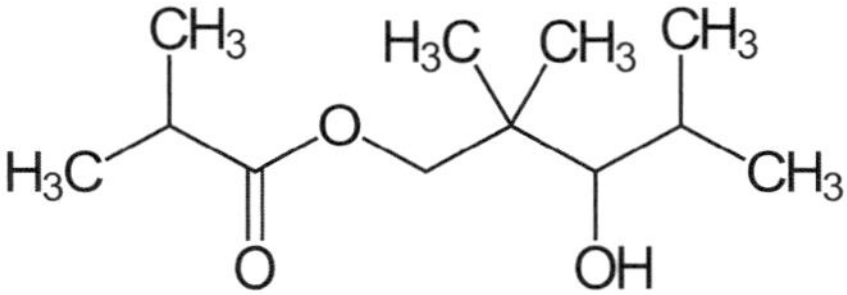

Texanol

拝啓、兄上様

時候の挨拶ってどうやって書けばいいのかわからないので検索したけど、これ書く意味ないなって思ったのでやめます。

そっちはどんな感じでしょうか？　こっちはやっと引っ越しが一段落ついたところです。まだママの段ボールはめっちゃ積み上がってるけど。スリコとダイソーが近いのでわたし的にはハッピーです。

ママは色々言ってるしお酒も飲んでるけど、家で怒鳴り声が聞こえなくなったのでわたしはこれでよかったんじゃないかなって思います。今度会ってほしい人がいるのってママが言ってました。パパとお兄ちゃんの悪口をずーっと言ってるのはユーウツですが、ずっとご機嫌なのでいいんじゃないかなって思います。

新しい学校はまあまあって感じです。何も言ってないのにうちにパパがいないことがバレてたけど、なんだかわかんないけどパパがいない子同士で仲良くなりました。

そんな感じでこっちはそれなりにやってます。そっちはどうですか？

ド田舎でもせいぜい頑張ってね。

多紀乃《たきの》

追伸　コンタクトにしたってマジ？　超ウケるんですけど！！！

放課後の化学室で、制服の上に白衣を着た金髪のギャルが、牛タンを焼いていた。

三本足の台の上に金網を置いて、下にはアルコールランプ。落ちた脂を受けるために金属のバットも置いているようだった。部屋の窓は開け放たれていたが、香ばしい香りが廊下まで漂っていた。

＊

だから、偶然化学室の前を通りかかった安井良《やすいりよう》も、足を止めてしまったのだ。

慣れないコンタクトレンズのせいで、ありもしないものを見ているのかもしれない。

三分の一ほどが開いた扉から見える室内の光景に、良は目を瞬《またた》かせる。一度、行き交う人が乏しい特別教室が並ぶ廊下に視線を戻し、それからもう一度化学室の中を見る。やはり、牛タンを焼いているのは、肩にかかるほどの長さの、金髪の、ギャルだった。目を擦《こす》っても、三秒目を閉じてみても、やはり金髪のギャルだった。小ぶりなトングのようなもので牛タンをひっくり返そうとしていたが、網にくっついて苦戦しているようだった。

そもそも、話が違う。

二年への進級のタイミングに合わせて良はここ、前崎中央《まえさきちゆうおう》高等学校の転入試験を受け、無事合格した。通い始めて二週間ほどになる。一応、旧制第一中学校の流れを汲む県内では指折りの進学校である。勉強へのモチベーションがそう高い方ではなく、教科書ではない活字ばかり読んでいる良は最初、転入試験のために頑張って勉強するつもりはなかった。だが、前崎市が故郷である父から、ひどく脅されたのだ。

『いいか、良、前崎には、東京の百倍のギャルとヤンキーがいる。ギャルとヤンキーのパシリにされたくなかったら、一高に行け』

一高とは、他でもない前崎中央高校のことである。昔の呼び名だが、地元の人は、地域で一番の学校であると一言で伝わる一高という呼び方の方を好むのだという。

だから本気を出した。転入試験の過去問を取り寄せ、参考書にかじりつき、引っ越しの段ボール箱を机にして勉強に励んだ。面接や小論文では父の故郷である素晴らしい土地での生活にわくわくしていることを必死で伝えた。すべて、ヤンキーやギャルのパシリにされたくない一心だった。

にもかかわらず、目線の先に金髪のギャルがいる。

良が足を止めた時には半生だった牛タンは、今やこんがりと焼き目がついている。金髪ギャルは鼻歌交じりでトングを置き、代わりにスポイトのようなものを持ち出して、黒い実験台の上に置いたビーカーの中から透明な液体を吸い出して牛タンに垂らしている。テーブルの上にはもう一つ、一回り大きいビーカーがあり、中身はやや濁って泡を立てる液体だった。牛タンに合わせる飲み物なのだろうかと考え、我に返った。

見ている場合ではない。逃げるのだ。

気づかれたらどうすればいいのかわからない。東京では中高一貫の男子校に通っていた良は、もう四年間、同世代の女子とまともに会話したことがなかった。転入してからは、必死で目を合わせないようにして、「はい」と「どうも」で乗り切っていた。

ましてや、見るからにギャルな、金髪の女子である。白衣の下の制服は着崩しているし、スカート丈も短い。左の手首には何か金属のブレスレットかチェーンのようなものを巻いている。あまりにもイメージ通りのギャルだった。違うことといえば、白衣を着ていることと、肌が日焼けしていないことくらいだった。盗み見などしていたと知られたら、これから残り約二年の高校生活から平穏が失われてしまうに違いなかった。

今日も平和に乗り切れたはずだった。クラスでも、一応気兼ねなく話せるグループに交ざることができた。畑中《はたなか》という担任の先生は、転校してきたばかりの良のことを何かと気にかけてくれていた。今日も真っ直ぐ帰ろうとしていた良を呼び止め、缶コーヒーを奢《おご》ってくれた。日本史担当の畑中と司馬《しば》遼太郎《りようたろう》の話をして、今日は帰り道に書店に寄って、畑中が薦める、読んだことがなかった作品を買って帰ろうと考えていたところだった。

遠くから、吹奏楽部が奏でているらしい調子外れな金管楽器の音がした。

金髪ギャルは、とうとう割り箸を取り出し、アルコールランプで炙《あぶ》られる牛タンに向かって手を合わせた。竹の割れる小気味いい音が、廊下にいる良の耳まで届いた。そして彼女は、箸で牛タンを摘《つ》まみ、息を吹きかけて少し冷まし、大きく口を開けた。

その時、目が合ってしまった。

金髪ギャルの見開かれた大きな目が、確かに良を見ていた。彼女が口を開けたまま動かないので、良もつられて身動きが取れなくなった。

そもそも、学校の三階にある特別教室が並ぶ廊下にやってきたのは、入る部活を特に決めていない良への、畑中の勧めだった。文化系の部活の活動場所なら三階の特別教室か一階の図書室周辺なのだという。

先に一階を見ておけば、こんなことにはならなかった。第一、急に一人で部活動中の部屋に行くのも変だ。部活を探すならこの春の新入生たち向けの勧誘イベントまで待てばよかったし、そもそも入る必要もない。前の学校では実質ＳＦ研究会のような文芸部に所属していたが、肌に合わなくて幽霊部員になっていた。今度は帰宅部でもいいかな、と考えていたのだ。

変な気を起こしたから、こんなことになってしまった。内心では、新しい環境で心機一転、何か新しいことをしたいとも思っていたが、それが間違いだった。部活とか、たとえば恋とか、身の丈に合わないことができるのではないかと勘違いしていた。

その結果が、蛇に睨《にら》まれた蛙、狼に睨まれた羊だ。あの牛タンは自分なのだと、良はふと思った。

箸の先に摑まれたまま宙に浮いていた牛タンが、金髪ギャルの口の中に消えた。そして半端な姿勢で横目を向けられていたものが、とうとう真っ直ぐ、扉の陰の良を見据《みす》えた。

「ひっ……」良は声を上げた。

頭の中に問題文が浮かんだ。咀嚼《そしやく》される牛タンの心情を答えよ。

金髪ギャルが立ち上がっていた。箸はトングに持ち替えられていた。カチカチと、トングの先が威嚇《いかく》するように鳴った。そして言葉を発した。

「おい、お前……」

「見てませんっ！」良の身体が動き方を思い出した。「見てません見てません、何も見てませんから！」

半ば絶叫しながらの逃走は、全速力だった。

前崎市は、関東地方の北の外れに位置する中核市の一つである。四十万に届かないくらいの人口は、県庁所在地よりも多い。かつては炭鉱や生糸《きいと》の生産で栄え、昭和期の国内旅行ブーム時は東京圏から多くのスキーリゾート客を迎えたが、景気の後退に対抗する次なる地域振興の一手を打ち出すことができず、衰退の一途を辿りつつある。コロナ禍を経ても、東京からの移住者が増えることはなかった。むしろ若者たち、特に女性が東京圏へ流出する一方なのだとか。

新幹線が各駅停車タイプしか停まらない駅前には全国的に有名なシャッター通りのお化け商店街があり、近年ではこれを逆に利用した映画やドラマのロケ誘致が盛んになっている。主要な農産物はりんごだが、青森に比べると全国的な存在感は薄い。主要産業は県内に本社を構える自動車メーカーの工場とそれに連なる機械産業だが、これも昨今押し寄せるＥＶシフトの波に押し流されようとしている。リチウムイオンバッテリの工場を誘致しようという計画はあるが、地域振興効果は少々大袈裟に語られている節がある。もう一つ、電子機器製造業が主要産業として挙げられるが、これもメーカーが倒産の危機に陥って海外メーカーに工場ごと売却されてしまった。小麦の生産も盛んであることからそれらの加工品が有名、ということになっている。市内に多く存在するうどん屋がその証拠とされているが、お昼時は讃岐《さぬき》うどんチェーンの方が混雑しているのだとか。

空洞化した駅前に代わって、郊外に大小二箇所ある、いずれも大型駐車場を備えたショッピングモールが大いに栄えており、市民の文化的な生活を支えている。それぞれ周辺にはロードサイド型の店舗が集中しており、若者や家族連れが好むアミューズメント施設の類《たぐ》いも駅前ではなくモール周辺に位置している。

ＪＲの他には無人駅だらけの私鉄が一本あり、郊外の新興住宅地に繋がっている。だが、車を持たない市民の生命線になっているのは、駅前から放射状に延びるバス路線である。とはいえ路線によっては一時間に一本かそれ以下。始発である前崎駅から三〇分もバスに揺られれば、左右には遮《さえぎ》るもののない田園風景が広がっている。

どこにでもある地方都市と乱暴に語ってしまっても嘘にはならないし、むしろ正鵠《せいこく》を射ている。それが前崎市である。

かつて東京では大手新聞社の政治部記者として勤めていて、今は前崎支社で地域面や文化面を担当している父親の仕事の都合で、新しい住まいは駅前に近い。良の、前崎中央高校への通学は、三〇分に一本ある路線バスに乗って一五分ほどになる。

転校してきて驚いたのは、学校の駐輪場に停まっている、生徒が通学に使っているスクーターの多さだった。以前の学校では、自転車通学者さえ珍しかったのだ。東京圏のあちらこちらから生徒を集める私立の進学校だったため、自転車通学圏に住んでいる生徒は逆に珍しかった。良も、ところどころすし詰めになる電車に三〇分ほど揺られて毎日通学していた。スクーターに乗る生活など想像もしたことがなかった。

父は『免許は取っておけ。すべての人には移動の自由が必要だ』などと言っているが、わざわざ危険な乗り物を使う気にはなれなかった。

だが、通学にも慣れてくると、結構な時間をかけて自転車通学したり、いっそ原付バイクを使ったりする生徒たちの気持ちが少しわかるようになった。三〇分に一本というバスの運行間隔が、半端に長いのだ。加えて、三〇分に一本とはおおよそであり、正確には三五分程度であることが多い。そして、バスは時刻表通りに来ない。バス停でぼんやりしながら同じ制服を着た生徒がスクーターで走り去るのを見送るうちに、父の言う移動の自由という大袈裟な言葉の意味が理解できるようになった。とはいえ父は記者稼業が身に染みつきすぎたためか、いつも大袈裟で社会派な物言いをする。

しかし転校から二週間が経ち、下校時間と今一つ合わないバスをバス停で待ち続ける代わりに、良も所属する二年F組の教室で放課後の時間を潰すことができるようになった。

「やべー人がいたんだ。化学室に。三階のさ。化学室で牛タン焼いてたんだよ。金髪のギャルっぽい人が、白衣着て！」

痩せていてひょろりと背が高い松川博斗《まつかわひろと》が応じた。「あー、それって……なあ？」

松川は隣の、ころころと太った竹内淳也《たけうちじゅんや》に話を振って、その竹内が苦笑いで続けた。「あの人だね……」

更に隣の、クラスで一番背が低い梅森永太《うめもりえいた》が力強く「ヤッシー、悪いことは言わねえ。その女には近づくな！」と言った。

「有名だよ。科学部全員シバき倒したとかで。安井がそうならないことを祈ってるよ……」松川は、鞄に付けた何かの鉄道ロゴのキーホルダーを忙しなく触っていた。

竹内は、白地にピンクのマフラータオルで顔の汗を拭う。ライブツアー2022、などと書かれている。その竹内は目を泳がせて言った。「中学の頃、嫌がらせしてきた先輩三人を病院送りにしたとか……安井くんも気をつけてね」

「関わらねえ方がお互い幸せってのあんじゃん」梅森は鼻を鳴らして笑う。彼の親指の爪は何かの塗料のようなもので汚れている。「人種がちげー。世界がちげー。そういうのあんだろ。近づかねえのがヤッシーのためだぜ」

「そんなやべー人なの。三年生？」

良が訊くと、三人は顔を見合わせた。答えたのは竹内だった。

「二年だよ。僕らと同じ」

「でも……」良は放課後の教室を見回す。バス待ちや待っている生徒に合わせて雑談している生徒が合わせて一五人ほど残っている。「あんな金髪の人いないし」

教室に並ぶ同級生たちの髪色は、かつての学校ほど黒一色ではない。少し明るい色に染めていたり、凝った髪型にしていたりする生徒もいる。だが、化学室で見かけた金髪牛タン女子のように、大人が一見して眉を顰《ひそ》める髪色は一人もいない。

「あの人理系クラスだから。文系クラスの俺らとはそんなに関わりないし、だから安井もまだ見たことないのかも」と松川。

「AとFで、端と端だもんねえ」竹内はのんびりした口調で言った。

前崎中央高校の二年生は全部で六クラスあり、AからCが理系、DからFが文系である。三年になると、A組とD組はそれぞれ理系特進、文系特進クラスになり文理それぞれの成績優秀者が集められる。とはいえ二年でもテストの結果で平均点を取るとABC、DEFの順に優秀なのだという。進級時に、一年時の成績順にA、B、Cと割り振るためだ。

良は転入する時に、このようなクラス分けの仕組みを後に担任になる畑中から解説された。良がF組なのは、F組だけ人数が一人少なかったから、来年は文系特進のD組を狙って勉強に励んでほしい、とも言われた。

かの金髪牛タン女子が理系と言われると意外な気がした。理系は勉強が好きな人、文系はそれ以外の人が進むものだと思っていたし、派手な金髪と勉学は、良の中ではあまりしっくりこない組み合わせだった。それも、一番成績優秀だというA組。

考え込んでいると、竹内が持ち前のハスキーな声で言った。

「安井くん、なんで化学室なんか行ったの?」

「畑中先生に、文化系部活なら一階の図書室周りか三階の特別教室らへんだって言われて……」

「うち別に部活強制とかじゃねーからな」梅森は胸を張る。「入らなくてもいい。堂々と帰宅部でいい」

「梅森くんはどこも入ってないの？」

「おう。この学校、模型同好会がないからな！」

「松川くんは……」

「鉄道研究会があれば入るが、ない」松川は自分の言葉に力強く頷《うなず》く。「それに俺は、馴れ合わず、一人で自分の道を究《きわ》めたい」

「竹内くんは……」

竹内は消え入りそうな声だった。「アイドル研究会とかあれば……できれば声優専門で……」

つまり、みな帰宅部ということだ。

良は安堵せずにはいられなかった。他にも帰宅部がいるなら、無理して部活に入らなくてもいい。入ったとしても、二年から馴染《なじ》むのは難しいかもしれないのだ。

だが、彼らのように他に夢中になっているものがあるわけでもない。

「ヤッシーなんか興味ある部活とかあったのか？」

梅森に訊かれ、「ないわけじゃないけど」と良は答えた。

松川の眼鏡がきらりと光った。「……運動部か？　運動部は、敵だ」

「まあまあ」竹内はやはりのんびりと言った。「ほら、合わない人っての、いるでしょ……？」

「それは正直わかる」良は苦笑いで応じる。

「前の学校では？　部活、何かやってたの？」

竹内にそう訊かれ、良はどう答えたものかと少し思案した。

前の学校で所属していた部活は、名前は文芸部だったが、最初は部長の影響で事実上のハードSF研究会になっていた。活字ならなんでもよかったためそのまま所属していたが、良が中学三年になった頃には世代が入れ替わり、今度は事実上のアニメ同好会になった。部員とも次第に話が合わなくなり、高校に上がった時には幽霊部員になっていたのだ。

良は黒板の上に掛けられた時計を見た。時刻表通りなら、そろそろ学校前のバス停に向かった方がいい時間だった。

「文芸部。幽霊だったけど」と良は応じた。

すると、梅森が「そりゃお気の毒に」と言った。「文芸部、今活動休止中だぜ。幽霊のせいで」

「幽霊……？」

竹内が大きな身体を小さくして言った。「悪霊が乗り移って倒れちゃった人がいてさ。図書室で」

「何それ。怖っ」

松川が鼻で笑って言った。「少し前に図書室がリフォームされたんだ。その後で体調不良者が続出してさ。地縛霊の仕業《しわざ》とか、呪われた本に触れたとかなんとか言われてるんだよ。馬鹿

「じゃあ文芸部は……」やめとこうかな、と続けようとした時だった。

「安井くん、文芸部に興味あるの？」と背後から声がした。

振り返ると、茶色いセルフレームの眼鏡をかけた女子生徒がいた。黒髪をポニーテールにしていて、背丈は良と同じくらいだった。

女子と話さなければならないときは「はい」と「どうも」ですべて乗り切っていた良は、どう応じたらいいのかわからなかった。要らない血が顔のあたりに昇っているのがわかった。

返事が不自然に遅れる。何か言わなくてはと焦るほど、言葉に詰まる。するとポニーテールの女子の方が続けて言った。

「あ、ごめんね。急に話しかけちゃって。まだ名前とか覚えきれてないよね。私、支倉《はせくら》佳織《かおり》。文芸部です」

「安井良です……」

「それは知ってるって！　自己紹介してたじゃん！」支倉佳織は声を上げて笑った。「実は文芸部に勧誘しようかなって密かに狙ってたんだよね。ほら、自己紹介で言ってたじゃん？　活字中毒で活字ならなんでも読みますって。だから」

「はい。はい。どうも」

「それで……どうかな？　文芸部」

「はい」

「これから活動があってね？　いつもは図書室とその隣の話せる談話室で活動してるんだけど、今は色々あって空き教室を借りててね？　部活決めてないんだよね？　よかったら見学とかどう？」

「あの……えっと、どうも」

「安井くん？」

首を傾げる文倉佳織。小綺麗なハードカバーの本を二冊抱えている。

良は教室の後ろにある、いつ貼られたのかわからない掲示物で埋まった掲示板の方に目線を逸らした。

「感動……」と良は小声で呟き、聞き取れなかったらしい文倉佳織がまた首を傾げる。

こんなシチュエーションが、実在するなんて！

放課後の教室でクラスの女の子が部活に勧誘してくれる。まだクラスに馴染めないだろう転入生を心配して笑顔を向けてくれる。いや、それ以前の問題として、話しかけてくれる。そもそも男子生徒しかいない中高一貫の男子校に通っていた良にとって、もはや実在が疑わしい、イエティかツチノコを見ているような状況が、我が身に降りかかっているのだ。

父が言っていたことを、ふと思い出した。

『いい環境と普通の環境は違う。母さんは良に、いい環境を与えたかった。父さんもその気持ちは同じだが、普通の環境も知ってほしかったんだ』

同じ進学校とはいえ私立の中高一貫男子校から公立の共学校へ転校することに決めたものの

不安が拭えなかった良に、父が告げた言葉だった。

そしてもう一つ。

『青春とは、鈍色《にびいろ》の日々を金色に変える、錬金術だ』

おお、父よ、これが普通だったのですね。これが青春なのですね——と、良は今も仕事に精を出しているだろう父に心中で呼びかけた。

そして微笑《ほほえ》みを絶やさず答えを待つ支倉佳織に言った。

「はい。どうも。見学、是非……」

ポニーテールが揺れて、ぱっと笑顔の花が咲く。くらくらして、心臓が跳ねた。彼女の笑顔は、たぶん金色だった。

だがその時、教室の引き戸が勢いよく開け放たれた。

そして現れた見覚えのある人影。

「ひっ……！」良は悲鳴を上げた。昇った血の気が一瞬で引いた。「牛タン！」

今日も制服の上に白衣を着た、昨日化学室で牛タンを焼いていた金髪のギャルだった。人も疎《まば》らだった教室がざわつく。露骨に立ち去る生徒もいる。だが金髪ギャルは構わずにつかつかと良の方に歩み寄った。

「やっと見つけた。おい、お前。お前だよ。誰が牛タンだコラ」

すると、佳織がそのギャルの前に立ち塞《ふさ》がった。

「木暮《こぐれ》さん。なんの用？」

「なんだ支倉かよ。あたしはおめーじゃなくてそっちの転入生に用があんだよ」

「安井くんなら私と先約があるの。またにしてくれる？」

「悪いけどこっちは昨日から先約があんだよ」と言い放ち、金髪ギャルの手が良の襟首を掴んだ。「じゃ、こいつ借りてくから」

「ひっ……」

確かに同世代の女子との関わりは小学生の時以来一切なかった。そのせいで、女の子とはどういう生き物なのかを、今は離れて暮らす妹を通じてしか、良は知らなかった。

だが、突然教室に乗り込んできて人の襟首を掴んで引きずるのは、いくらなんでもおかしいような気がした。この事態は自分の対人スキルの乏しさゆえではなく、木暮、と呼ばれた女子が規格外であるために起こっているに違いないと、良は血の気が引いて冷静になった頭で考えていた。

目の端に、先程まで話していた松川、竹内、梅森の三人が見えた。廊下へと引っ張り出されながら目線で助けを求めたが、彼らは三人並んで小さく手を振るだけだった。彼らの目は、『ご愁傷様』と言っていた。

「ちょっと、木暮さん……珠理《じゅり》！」

そんな支倉佳織の叫びを最後に、無情に扉は閉じた。

前崎中央高校の校舎は三階建てで、一階には一年生の教室と職員室、図書室などがある。二階は二年生の教室と食堂、音楽室など、三階は三年生の教室と理科系の特別教室がある。講堂としても使われる体育館には本棟から渡り廊下が通じており、グラウンドに面したところには運動部の部室が並ぶ部活棟がある。

二階から一階に通じる階段の踊り場で、良はようやく金髪ギャルの手を振り解いた。

「な……なんなんですか！」

「なんで敬語？　うちらタメだろ」

「えっと……はい、どうも」

「そういや名前聞いてなかったな」白衣のポケットに手を突っ込んで金髪ギャルは言った。「あたし、2‐Aの木暮珠理。林の木と日暮れの暮、珠算の珠と理系の理。そっちは？　確か……」

「安井良です。高い安いの安、井戸の井、グッドの良」

「安井良。安井良。へえ……」木暮珠理は、顎に手を当てて何か満足げだった。「決めた。お前今からチャールズな。あたしのことは珠理でいいよ」

「え……チャールズ？　はい？　なぜ？」

「で、チャールズさあ」良の問いは無視されていた。

木暮珠理は長身だった。男子にしては小柄な良よりも背が高く、一七〇センチメートル程度はあるように見えた。その珠理が詰め寄ってくる。

一歩引けば、一歩詰め寄る。また引く。詰め寄る。それを繰り返すと、良の背中が踊り場の壁に当たった。そして良の顔からすぐ横の壁に、珠理が勢いよく手をついた。

「訊きてえんだけどさあ」

「ひっ……」

「お前、昨日のこと誰かに言ったか?」

良はどもりながら応じた。「き、昨日。昨日って」

「あれだよ。ほら、化学室で」

共学校に存在しているという壁ドンという行為は、確かに実在していた。ただしするのは女子で、目的は脅迫だった。彼女は、無粋な覗き見の代償を払えと言っているのだ。もしかしたらセクハラだったのかもしれない。男子しかいない環境では、目線の方向など気にしたこともなかった。

良は狭まった視界から、必死で踊り場の窓の向こうへ目を逸らす。二羽のハトが羽を休めているのが見えた。

「す、すみません。覗き見してすみません。出来心だったんです。許してください……」

「だからなんで敬語なんだよお前」

「訴訟だけは許して……」

「訴訟……?　まあいいや」そう言うと、珠理の左手が良の顔に伸びる。悲鳴を上げる間もなく、頬を摑んで正面を向かされる。「まずお前、話す時は人の目を見て話せよ」

「はい」

「じゃあ答えろ。昨日のこと誰かに言ったか？」

「言ってません！」と即答する。つい先刻、松川たちに話してしまったが、覗き見ていたことは話していない。

「敬語」

「はい！……言ってない！」

「ほんとか？」

「言ってない」

「本当に本当だな？」

「言ってないです。だから、なんでもしますから訴訟だけは……」

ふーん、と応じた木暮珠理は無表情だった。

少し高い場所から、じっと良を見下ろしていた。鼻先と鼻先の距離が三〇センチ定規より近づいていた。匂いや息遣い、体温が感じられて、急に気恥ずかしくなった。両親が大喧嘩した翌朝の居間に漂っていた匂いを良は思い出した。

すると、珠理は壁に着けていた手を離した。存在感が遠ざかったが、目線だけはしっかり良を見据えていた。

「本当になんでもするか？」

「はい、なんでもします」

「敬語」

「な、なんでもするよ。木暮さんのためなら」

「珠理」

「珠理さんのためなら！」

「よし。まあ、ちょうどいいや。でもあたしは、お前の自主性ってやつを尊重したい。だから選ばせてやる」

何か話の流れが妙な方向に転がっているような気がした。そんなことより、同世代の女の子を下の名前で呼んでしまったことで頭が一杯だった。

もしかしたら、これも共学校ならではの青春の一ページなのかもしれない。だがそんな良の感傷をまったく無視して、珠理は言い放った。

「マウスとラットとモルモット、どれがいい？」


階段を下りると、先に立つ木暮珠理は、良がまだ立ち入ったことのない場所へと進んでいく。学校案内のパンフレットに描かれていた校内図を思い出しつつ、良は金髪で襟が隠れた白衣の背中に言った。

「この先って、図書室だよね？」

「そう。図書室の呪いの本。触れてはならない忌書《きしょ》」珠理は肩越しに振り返る。「噂は聞いた？」

「うん。地縛霊がいるとか、なんとか」

「あたしもあちこち聞いて回ったんだけどさ、それはもう色々派生があってな。年代からして滅茶苦茶なんだけど、まとめると……」

それは今から遡《さかのぼ》ること一〇年から一〇〇年ほど前のこと。ある一人の女生徒が、図書室で首を吊って自殺した。彼女はクラスで激しいいじめを受けており、図書室にある、ある一冊の本だけを心の支えにしていた。だが、人の心は、本が支えるには重すぎた。やがて彼女は心を闇に蝕まれ、自ら命を絶った。発見した教師によれば、揺れる彼女だったものの足元には、彼女が心の支えにしていた本が落ちていたのだという。

そして彼女の嘆きと絶望は、呪いとなって本の中へと乗り移った。

五万冊の蔵書の中に紛れてしまったその本は、最初は触れた者の心を壊した。やがて誰にも触れられることなく書棚の中に放置され、忌書──『決して動かしてはならない本』として、代々の司書や図書委員、文芸部員へ密かに口伝《くでん》されるようになった。

だが昨年、老朽化した図書室の改修工事が行われた。伝わっていた噂話から、生徒の間には危惧する声が上がった。当然、大人たちは、そんな下らない怪談話は一笑に付した。むしろ老朽化した壁や空調設備による本の傷み、棚が破損することで生徒が怪我をする可能性の方が重要だった。

昨年の秋に工事は終わり、一旦搬出されていた本が再び収められた。古びていてそこかしこに黴《かび》や染みの跡があり、本当に幽霊でも出そうな雰囲気だった図書室が綺麗になったことで、当初は誰もが喜んだ。

最初の犠牲者は司書の先生だった。

「めまいや吐き気を訴える人が続出したんだよ」と珠理。「次は図書委員。そんで文芸部が騒ぎ出した。そんなん噂になるに決まってるだろ？　リフォーム工事で『動かすとヤバい本』を動かしたから、自殺した女生徒の呪いが降りかかってるんだって」

「それって、今はどうなってるの？」

「こんな感じ」珠理は足を止めた。

廊下の突き当たりだった。古びた壁から明らかに浮いた、綺麗な木目に丸窓がくり抜かれた、観音開きの扉があった。上に図書室と書かれている。

だが、三角コーンとコーンバーが置かれ、Ａ４のコピー用紙に立入禁止と印刷されたものが貼りつけられていた。

しばし腕組みしてその扉を見つめ、珠理は言った。

「チャールズさ、お前幽霊って信じる？」

「信じないけど」

「じゃあこういう、リフォームした場所で体調不良になる人が出る原因って、なんだと思う？　幽霊も呪いもなしな」

「えっと……シックハウス症候群とか？　聞いたことあるような」

「正解。あたしもどうせそうだろうと思った。でも、業者さんが入って中のその手の化学物質の濃度を調べても、何も出なかった。全部基準値以下。そもそもお子様にも安全安心な水性塗料を使ってるから、ヤバい物質が出るはずがない。おかしいだろ？」

「確かに……じゃあなんで？」

「科学部としては気になるじゃん、やっぱり」珠理は三角コーンをバーごと脇に除けて、制服の上着のポケットから鍵を取り出した。「図書委員から借りた。黙ってろよ？」

「入っていいの？」

「大丈夫大丈夫。基準値以下で安全だとかどうとかで偉い人たちは無限ループしてるから」

「そういう問題……？」

「っていうか、校長とかが責任逃れしたくて、調査したけど安全でした！　って保護者会に言っちゃったんだよ。黙っておけばいいのにさ。そんなん生徒に伝わるじゃん？　で、呪い説がもっと盛り上がった」鍵を開け、扉を開き、珠理は手招きする。「入れよ。幽霊なんかいないし、いてもお前なら大丈夫だし」

「じゃあ、失礼します」

扉を押さえている珠理の横を抜けて、良は室内に入った。

図書室、というよりカフェか何かのような、お洒落で綺麗な空間だった。白く塗られ清潔感のある壁面。幾何学模様を描く絨毯《じゅうたん》タイルで足音が立たず、木製の書棚には地元の森林組合の名と前崎の木で作りました云々と書かれた銘板が貼りつけられている。手前には雑誌ラックと円形の閲覧ベンチがあり、奥の方には進学校らしく、勉強に使えるテーブルが並んでいる。

木の香りに混じって、新築っぽい特有の匂いがした。

そこでふと思いつき、良は振り返った。

「あの、珠理さん。僕なら大丈夫って、どういう……」

「あー、それな。うん。改修工事は去年やったって言ったじゃん。この通り、本も全部棚に収まってる。ってことは、呪物か何かっぽい忌書、『決して動かしてはならない本』ってのは、今学期になってからは動いてないわけ」

「そうなるのかな。よくわかんないけど」

「つまり、対照実験だよ」入口のところで開きかけの扉に背を預けた珠理は、指先で鍵をくるくると回していた。「本を動かすことが忌書の呪いの発動条件ならさ、その時学校にいなかったやつは呪われてないことになるじゃん。これまで体調を崩したのは今三年の図書委員と、文芸部員と、司書の先生だった。だから当時学校にいなかったやつで実験したいんだけど……一年生を使うのはちょっと気が退《ひ》けるじゃん？　そこで思いついた。お前だよ、転入生」

「え、ちょっと待って。嫌な予感が」

「お前が呪われなかったら、呪いの可能性がある。でもお前が呪われたら、間違いなく、これは理性で説明可能な科学現象だ。じゃ、頑張れチャールズ」

「だからそのチャールズって……」

「本には触るなよ。実験にならないから。あとこの部屋、昔の校内暴力だか学生運動ってのの名残で立て籠もれないように内側から鍵かけらんないから」

「あの、あの、ちょっと待って」

「一時間で開けに来るから、よろしくー」

駆け寄っても遅かった。笑顔で手を振り、珠理は無情に扉を閉めて鍵をかける。

そして三角コーンを直すと、そのまま白衣を翻《ひるがえ》してどこかへ行ってしまう。

スマホは鞄と一緒に教室だった。日差しが入らないようにするためか、窓はグラウンドなどの人目につく方には設置されていない。助けは呼べそうにない。

平穏な一日に青春が飛び込んできたはずだった。それが気づけば連行、脅迫、監禁、人体実験。

「なんでこんなことに……」と嘆くことしかできなかった。

仕方がないから本を読んで時間を潰そうにも、本には触れてはならないのだという。すると、本格的にすることがなくなってしまう。図書室の端から端まで何歩で移動できるかを繰り返し確認しても、一五分しか経っていなかった。

春にしては蒸し暑い日だった。エアコンのスイッチの場所はわかったが、押していいものかしばし迷い、結局押せなかった。

書棚を端から端まで見て回ることにした。運が良ければ、呪物と化した『決して動かしてはならない本』を発見できるかもしれない。

図書室の入口付近には、比較的最近に発行された小説や実用書が並んでいる。貸し出しカウンターの横には会議室のような部屋があり、ここが本来、文芸部が活動に使っている場所のようだった。奥の方に進むにつれ、年季の入った全集や、古くなってしまった年鑑や図鑑の類いが並んでいる。一旦カウンターに戻ってコピー用紙と鉛筆を拝借し、ひとまず国内小説、海外小説の棚を一冊ずつ確認して読んでみたい本をピックアップしていく。

それにも飽きると、入口付近のベンチに腰を下ろした。雑誌の類いが目につき、雑誌は本に入るのかと思案する。

女生徒の自殺事件が起こったのは少なくとも一〇年前なのだという。一〇から一〇〇年とひどく幅は広かったが、昨年の雑誌が呪いの忌書である可能性はゼロだろう。至って真面目な雑誌ばかりが並ぶ中、良は文芸誌を手に取って読み始めた。壁の時計を見ると、白衣を着た金髪ギャルの木暮珠理が立ち去ってから、三〇分ほどが経過していた。

「対照実験……?」

その珠理が発した言葉を良は思い出した。

派手な金髪のギャルにはとても似合わない単語だった。そもそも白衣が似合わない。科学部というのもミスマッチだ。松川は彼女が他の科学部員を追い出して化学室を根城《ねじろ》にしているようなことを言っていたし、実際良は牛タンを焼いている彼女の姿を目撃した。だが、自分勝手で傍若無人《ぼうじゃくぶじん》に振る舞い真面目な科学部員を追い払うような人が、図書室の呪いを科学的に検証しようなどと考えるだろうか。手段は最悪だが。

目が活字の上を滑っていた。埃っぽいためかやけに鼻がむずむずしていた。

良は雑誌をラックに戻してもう一度棚に並んだ本を確認する。棚からは木材の香りがするものの、人が立ち入っていないためか、本の天面にはうっすらと埃が積もっていた。

いつの間にか、部屋に入った時は気になった新築の匂いが気にならなくなっていた。鼻が慣れてしまったのかもしれない。

だが、喉が少しイガイガする。暑い場所で水を飲んでいないせいかもしれない。良はブレザーの上着を脱いでベンチに置いた。

あー、あー、と声を出してみる。やや喉が塞がっているような感覚がある。

その時、入口の覗き窓の向こうに人影が動くのが見えた。良は慌てて駆け寄る。本棚を眺めている場合ではなかった。扉の前で待機して、誰か通りかかったら助けを求めればよかったのだ。

近づいてみると、人影は思ったより遠かった。図書室は一階の階段から奥まった場所にあり、昇降口の方からは九〇度右になるためこちらに目を向ける生徒はいない。バスの時間が近いためか、時々制服姿の生徒たちが階段を下りてきていたが、閉鎖されている図書室に用事などないのだろう、誰も閉じ込められている良に気づくことはなかった。

すると、見覚えのあるポニーテールが見えた。コンタクトレンズに変えた時に度数を上げたおかげだった。

目を凝らして確認する。少し俯《うつむ》き加減で歩く、支倉佳織だった。眼鏡は外していた。

大声を上げてみようか、でも扉越しに聞こえるかわからないし、気づかれなかったら恥ずかしい。躊躇《ためら》っていると、彼女は昇降口の方へ向かってしまう。

良は閉じた扉を掌《て》で思い切り叩いた。

佳織がぴくりと震えて足を止めた。

聞こえている。良は何度か扉を叩き、覗き窓から軽く手を振った。

佳織がこちらを見ていた。良はさらに扉を激しく叩き、思い切り手を振った。廊下の端にある図書室にいる良と真ん中の階段を下りてきた佳織の間には距離があったが、目が合った気がした。

だが佳織は、肩を竦《すく》ませ、両手で自分の口のあたりを覆った。

そして佳織は一目散に走り去った。

「そんな……」

残された良は肩を落とし、その場に座り込んだ。

いや、まだだ。良は気を取り直して立ち上がり、丸窓を覗き込む。すると今度は松川たち三人が、昇降口の方へ勢いよく走り抜けていく。図書室の方など一顧だにしなかった。

「そんな……」

良はまた座り込んだ。

この学校での顔馴染みは、もう畑中先生しか残っていない。教室に鞄を残して金髪ギャルに拉致《らち》されたとしても、二週間前にやってきたばかりの転校生のことなど、誰も探してはくれない。またしても、やけに社会派で大袈裟な物言いばかりする父親の言葉が脳裏に蘇った。

『現代は、関係性の希薄の時代だ――』

気づけば良は肩で息をしていた。扉を必死で叩いたせいかもしれない。吸っても吸っても、喉が狭くなって空気が入っていかないような感覚があった。

ひとまず立ち上がって、またベンチに腰を下ろす。そこで気づいた。

最初は司書の先生。次に図書委員や文芸部員が体調不良になった。その原因は、リフォーム工事で呪われた本を動かしたため。

この息苦しさや喉の渇きも同じなのではないか?

これこそが、かつて図書室で自ら命を絶ち、無念を本に宿らせた女生徒の呪いなのではないか?

目の前に星が舞っていた。頭の中で何かが破裂しているように視界がちらついて、良はベンチに倒れ込んだ。

どれほど時間が経っただろう。壁の時計の文字盤が霞んで見えなかった。度が強めのコンタクトレンズのせいか目眩《めまい》がした。

鏡を見ないと外すこともできない。こんなことなら、眼鏡だとナメられてギャルとヤンキーのパシリだぞとどんなに脅されたとしても、眼鏡を通せばよかった。実際は白衣を着た金髪のギャルの実験台にされて、数十年前に非業の死を遂げた女生徒に呪われている。どちらも女子だ。こんなことなら平和で何も起こらない男子校にいればよかった。妹からの手紙に躍っていた文面まで蘇ってきた。超ウケるんですけど、と書かれていた。

「全然ウケないよ……」

頭痛がした。ベンチでは休まらず、ずるずると滑るように床に身体を横たえた。

その時だった。

扉が揺さぶられる音がした。そして鍵が回る金属音と共に、金色の影が飛び込んできた。

「おいチャールズ！　大丈夫⁉」

木暮珠理だった。他にも大人がいるようだったが、気に掛ける余裕はなかった。

それでも一つ、彼女に伝えなければならないことがあった。

「呪われたよ、珠理さん」と良は言った。「呪いじゃないってことだよね。あれ？　呪われたのに……？」


担がれるように連れ出され、柔らかいベッドの上に寝かされる。誰かの会話が聞こえたが、耳に入らなかった。自分が思うより疲れていたのか、目を閉じると寝入ってしまった。

そして目覚めると、薄いベージュのカーテンで区切られた白い天井があった。

消毒液の匂い。布団《ふとん》もシーツも、枕も真っ白なベッド。保健室のようだった。

枕元の丸椅子に、教室に置いてきたはずのリュックサックが置かれていた。身を起こして、枕元に置かれていたティッシュで洟をかむ。喉や鼻の違和感は治まっており、先程までの具合の悪さが嘘のようだった。

ベッドを降りて、リュックサックからスマホを取り出す。時刻は十八時を回ったところだった。

すると、カーテンの向こうから「起きた？」と女性の声が聞こえた。その方向のカーテンを開くと、別のカーテンがあった。同じようにベッドを囲っており、不揃いに転がった指定のローファーが見えた。

「ここ保健室ですよね……？」

「それ以外ないじゃん」忍び笑い交じりでカーテン越しの誰かが応じた。「珠理にやられたんでしょ？　ちょっと話そうよ」

「木暮さんのお友達ですか？」

「うん。私も二年だよ」

「カーテン開けてもいいですか」

「いいよー」

「やられたっていうか、モルモットにされたっていうか……」良は恐る恐るカーテンを開けた。

胸の下あたりまで布団を掛けて、身体を横にして頰杖をついた女子生徒がいた。シャツ一枚で、胸のリボンも着けていなかった。そのリボンとベージュのセーターは、枕の上の壁にハンガーで掛けられている。

胸のボタンは二つ目まで外れていて、鎖骨が見えていた。見えるべきでないものまで見えてしまいそうで、良は慌てて目を逸らした。

「何キョドってんの？」

「え、だって……」

「だって、何？」唇が値踏みするような笑みを作る。

理由を言えるわけがない。カーテンを開いたらまるでグラビアみたいな光景だったのだ。せっかく落ち着いたはずの体調不良がぶり返しそうだった。

「F組の転入生だよね？　私も文系、E組」

「はい。今学期の頭からで……どうも」

「林瀬梨荷《はやしせりか》。そっちは？」

「安井良です。高い安いの安に……」

「良くんかあ。私は瀬梨荷でいいよ」枕元のスマホを取って、画面を見せてくる。メモ帳機能に瀬梨荷と三文字入力されていた。

「どうも……」

そこで瀬梨荷は半身を起こす。「災難だったね。さっき話聞いちゃったんだけど」

「あの、木暮さんは」

座ったら、と言われてベッド脇に置かれていた丸椅子に腰を下ろす。

「化学室じゃない？」瀬梨荷は寝乱れた黒髪に手櫛を通していた。「もう奈々《なな》さんもヨッシーもブチ切れで、珠理今頃めちゃくちゃ説教されてるよ。もう結構経ってるけど戻ってこないし。あっ、ごめんね、どっちも知らないか。奈々さんってのは保健室の先生で、ヨッシーは科学部の顧問」

「瀬梨荷さんは、大丈夫なんですか？　休んでなくても」

「私？　午後なんか眠くてずっとサボってただけだから大丈夫。良くん優しいね」瀬梨荷は腕を上げ伸ばしして溜め息をつく。「今のうちに帰ろっかな。良くんスカート取って」

「……はい？」

「私のスカート。そこ」

よくわからない単語が聞こえて聞き返してしまった良に、瀬梨荷はベッドの足元を指差した。

確かに、女子の制服のスカートが落ちていた。グレー地に白と赤でチェック柄の入ったものだ。

スカートが落ちている。そのスカートを穿《は》いているはずの林瀬梨荷の下半身は、白い春夏用の薄掛け布団に覆われている。良は思わず視線を往復させてしまった。直視してはならない現実がそこにあった。

「良くんさあ、なんかエロいこと考えてない？」

「ないです！　考えてないです！」

「えー？　目がエロいんですけど」

「し、し、しょうがないじゃないですか！」

「大丈夫だって。穿いてるから」

「よかった……」

良は丸椅子から立ち上がり、スカートを拾い上げる。仕立て直しているのか、随分と丈が短かった。ただの布なのに、持っているだけで汗が出そうだった。東京の家でよく見ていた妹のものと、同じスカートという名前を持つものだとは思えない。

変わらずベッドから出る気配のない瀬梨荷。スカートを両手で持ったまま良は言った。

「穿いてるんですよね……?」

「穿いてるよ。パンツは」

「ぱ……?」

何が面白いのか、瀬梨荷はお腹を抱えて声を上げて笑う。「何それ、良くんそんな固まんなくてもいいじゃん!」

「いや、だって……」

「冷静に考えようよ」急に神妙な顔になる瀬梨荷。「私は、スカートを穿いてないとは言ってないよね」

「はい」

「『穿いてる』にも、『パンツは穿いてる』にも、『スカートを穿いてる』は含まれるよね」

良は頭の中で、転入試験のために解いた数学の問題集に書かれていたベン図と集合記号を思い浮かべた。ド・モルガンの定理が重なるような重ならないような。猛勉強の内容が思い出され、良は言った。

「『スカートを穿いていない』も含まれますよね……?」

「そこに気づくとは……やるじゃん良くん」

「どうも……」

するとその時、部屋の扉が開いて、白衣の三人組が姿を見せた。

一人は痩せぎすで大きなセルフレームの眼鏡をかけた、長身で猫背の男だった。あまり見た目に頓着《とんちゃく》しない性質《たち》なのか、髪はぼさぼさで白衣はあちらこちらが何かの染みや焦げ跡で汚れていた。たぶん、科学部の顧問だという教師だ。

もう一人は、明るい色の髪を後ろで一つに束ねた、目鼻立ちのはっきりした女性だった。前を閉じて着た白衣の裾から、淡い色味のスカートの裾が覗いていた。こちらが養護教諭だろう。

そして最後が、制服の上に白衣を着た金髪の、木暮珠理だった。

まず、痩せた眼鏡が足を止めた。その背中にぶつかるようにして、どうしてかほとんど後ろから抱きつくようにして養護教諭の女性が立ち止まった。そして一歩引いたところで足を止め、顔を上げた珠理が言った。

「……何やってんだ、お前ら」

眼鏡の男性教師が言った。「元気そうでよかった。でも慎重さのない大胆さは無謀といいます。僕らが見てないところでやってね」

最後に養護教諭の女性が言った。「毎年一組はいるんですよねえ。本人たちはバレてないつもりなんですけど、誰が片づけてると思ってるのやら」

瀬梨荷が甘えた声を上げる。「やーん良くんのエッチ、だからやめようって私言ったのに。きゃっ」

「言ってない！　誤解です！」良はスカートを放り出して声を上げた。

ぼさぼさ頭の男性教師は、吉田《よしだ》計彦《かずひこ》と名乗った。担当は化学で、木暮珠理が所属する科学部の顧問。女性の方はやはり養護教諭で、新井《あらい》奈々という名前だった。瀬梨荷の言った『ヨッシー』と『奈々さん』の正体だった。

スカートを布団の中に入れてもぞもぞと着る瀬梨荷の前で、吉田は良に深々と頭を下げた。

「誠に申し訳ありませんでした。僕の管理不行き届きです。実はあそこの調査は、木暮さんに預けた科学部のプロジェクトでね。危険があるから僕の目の届かないところで図書室には入らないよう、重々言い含めていたのですが」

「すみませんでした。ごめんなさい」とまた珠理が頭を下げた。

「親御さんにも担任の畑中先生を通じてご連絡しました。迎えに来てくださるそうです。今日は一緒に帰りなさい」と吉田。

「そんな……大丈夫ですよ。この通り元気ですし」

「気持ちは大丈夫なつもりでも、身体がついてこないかもしれないでしょう?」と今度は養護教諭の新井が言った。「今日は大事を取って、ね?」

そうまで言われては抗弁できず、良は頷いた。

「それにしても、木暮さん」長身で猫背の吉田が、丸椅子の上で悄気《しょげ》ている珠理に覆い被さるようにして、笑みが少しもない顔で言った。「人体実験は相手の同意と十分な情報提供が前提で、学術的な興味より被験者の利益が優先されると教えたはずです。ヘルシンキ宣言をもう一度、頭から読み直すこと。いいね?」

はい、と良や同級生たちへの態度が嘘のように素直に頷く珠理。それがなんだか不憫《ふびん》に見えて、良は口を挟んだ。

「駄目、とは言わないんですか？」

「すべての薬は人体実験を経て承認されます。一律に駄目だと切り捨てるのは、教える側に都合のいい教育的な方便です。木暮さんはそれでは満足してくれませんから」

「でも、道徳っていうか……理想を言えばやらない方がいいじゃないですか」

「それじゃ世の中回らないってこと、わかりますよね。君たちも高校生なんだから」

口に手を添えて新井が控え目な笑い声を上げた。「吉田先生に生徒指導はお任せできませんね」

「僕は非常勤講師なので生徒指導も担任もしません。顧問は、三割人材不足で仕方なく、七割は趣味です。本当は毎日定時に帰りたいのですが」

「チャールズさあ」珠理はむくれながら吉田を指差した。「こういうこと生徒の前で言う先生どう思う？」

「わかんないけど、情報公開は市民の知る権利のために必要だと思う」

「社会派かよ」

「父親が新聞記者で……」

「マジのやつじゃん」

「ところで木暮さん」先程までの険しい顔と打って変わった微笑みで吉田は言った。「チャールズとは、チャールズ・ペダーセン？」

「それそれ！　すごくないっすか、安井良って。めっちゃ惜しいし！」

どういうこと、と訊くと、吉田がまず答えた。

「昔のノーベル化学賞受賞者です。デュポンに勤務していた化学者で、クラウンエーテルという化学物質を発見したことで知られていますね。超分子化学というジャンルの祖で、世界で最も偉大な化学者の一人です。そして、彼は韓国の釜山《プサン》生まれの日系人でもある。日本名は安井良男《よしお》です」

「惜しいだろ？」と珠理。「それにこの人、博士号持ってないんだよ。大学じゃなくて企業の雇われってだけでも珍しいのにさ」

「クラウンなんとかって……」と良が訊くと、吉田は珠理の、正しくは珠理の左手首を指差した。

金属のアクセサリーが巻かれている手を珠理は挙げた。よく見れば、少し広がったコの字の端を丸で繋いだものがいくつも連なり円を描いている。

「これが酸素で、ここが炭素鎖《たんそさ》。C－O－Cの結合のことをエーテル結合っていって、それが王冠みたいに輪になってるからクラウンエーテル。これ、真ん中の空間に正の電荷を持ったものを取り込む性質があって……」

「共有結合ではない、非共有電子対を用いた立体的な取り込みが理屈だけではなく実在していると示して、しかもそれが自然界で意外と大きな役割を果たしているらしいし上手く使えば様様な機能を持たせられるぞ、という研究にその後繋がっていった」吉田は腕組みして頷く。

「何より、見た目が美しい。エレガントです」

良には何を言っているのか理解できなかった。それでも、最後の美しいだけはわかった。

「これ、化学物質の形だったんだ」

「構造式って言え」と珠理。

良のスマホが震えた。父親からのＬＩＮＥだった。

「じゃ、私帰りまーす」いつの間にか身支度を整えていた瀬梨荷が言った。「良くんまたね」

どうも、と応じつつ、瀬梨荷の背中を見送る。服は着ている。思えばベッドの中にスカートを入れて穿いていた。つまり、二人きりだった時は、彼女はスカートを穿いていなかったことになる。そこに思い至ってしまい、別のことを考えることにした。手っ取り早く、『走れメロス』を頭の中で暗唱する。メロスは激怒した。必ず、かの邪智暴虐《じゃちぼうぎゃく》の王を除かなければならぬと決意した――。

「でもヨッシー、これでプロジェクトは前進したよ」と珠理は言った。「図書室の地縛霊だか呪物の忌書だかに、チャールズを呪う理由はない。なのに呪われたってことは、呪いじゃない」

そうだね、と吉田は頷いた。「理性は常に勝利しなければならない。勝利しましょうよ、木暮さん。ところで安井くん」

「メロスは、単純な男であった」

「安井くん？」

「はい！」

「部活は決まっていますか？」丸椅子に座る良に覆い被さるように吉田の瘦軀《そうく》が迫り、濃い隈《くま》で迫力の宿った眼鏡越しの目が良を見下ろした。「科学部、非常に部員不足で……いかがでしょう？」


「木暮さんのご両親とも話した。畑中先生と吉田先生とも」車の運転席に座る父、安井弘行《ひろゆき》は、今朝出勤した時のままの服装だった。「本当に大丈夫なんだな？　良が一言言えば、父さんはあの学校の校長と教頭と、市の教育委員会が全員辞職するまで闘う準備がある」

「やめてよ。絶対にやめて」

「大体、学校事故というものはどこでも、何度でも、同じことが起こる。教育現場には、情報共有という概念がないんだ。子供は個別に、それぞれ、きめ細かい対応が必要なものだと言い訳してな。いい機会だ。徹底的に追及して、一箇所の事故の教訓が全国の子供たちを守れる仕組みがないことが国会で論戦の的になるまで……」

「だから本当にやめてってば……」助手席の良は深々と溜め息をついた。「確かにね、気持ちはわかるよ。いじめや嫌がらせを受けてる子供って無力感から親に相談しないことも多いもんね」

「よく知ってるな」

他でもない父がテレビのニュースを見ながらビール片手によく語っていることだったが、それには言及しないことにして良は応じた。「しんどさゼロかって訊かれたら、ゼロじゃないけどさ。本当に無理になったら言うから。大体、新聞記者が公私混同しちゃ駄目だろ」

「子供のためならいくらでも公私混同してみせるさ。親だからな」

「それさ、子供がいないところで言いなよ」

「そういうものか」

「そういうもんだって」

そうか、と応じた父は、返す刀でさらに続ける。「それで、どうなんだ。木暮さんという子は」

「どうって」

「可愛いのか。どうなんだ」

「どうでもいいだろ……」

「なるほど」

「なるほどって」

「いや、大体わかった」と父は言う。何をわかったのかは、良にはわからなかった。「その子と一緒に、図書室の呪いってやつを調べるのか?」

「まさか!」良は拳を握った。「僕はギャルのパシリなんかには絶対ならない。文芸部に誘われたんだ。誰が科学部なんかに入るもんか」

父は意味深に笑ったが、親子の会話がそれ以上深まることはなかった。その日の夕食は、珍しく外食だった。

そして翌日の昼休み。

引っ越してから、父は帰りが東京時代とは比べものにならないほど早くなり、毎日の夕食を自炊するようになった。しかし父に任せるとどんな料理も濃い味になるため、良も台所に立つ機会が多くなっていた。

昼食は、学校の近くにあるコンビニで買ったものを食べるか、学食を利用することが多い。その日はコンビニの周期で、良は松川たち三人と一緒に教室の端の方に固まって食事を済ませていた。

休み時間は、身体の大きい竹内が何かのライブイベントの神演出について語っているのを聞いたり、痩せた体型に見合わずタフな松川による青春18きっぷを使った珍道中の話を聞いたりしていると、あっという間に過ぎていく。おかげでこの二週間あまり読書が捗《はかど》らず、代わりに声優の名前と全国の鉄道路線名に詳しくなってしまった。そして放っておくと梅森を突っ込み役としてヒートアップしてしまい、クラスから白い目を向けられる彼らを制止する役目が、いつの間にか良のものになっていた。

「そういやヤッシー大丈夫だったのか?」と梅森が言った。「なんかぶっ倒れたんだろ。図書室で」

「うん。ちょっと呪われちゃって。でも大丈夫」

「じゃああの噂って、本当……？」竹内が大きい身体を小さくさせる。

松川が即座に言った。「馬鹿馬鹿しい。何か別の原因があるんだろ。俺は信じないぞ。馬鹿馬鹿しい」

「でも呪いじゃないらしいよ」

「違うんだ。よかった……」リラックスする竹内。少し専有面積が広まった気がする。

「結局どっちなんだよ」梅森が上体を良の方に傾けて言った。「呪いなのか、呪いじゃないのか」

「僕が呪われたから、呪いじゃないって、木暮さんは言ってたけど」と良。「そういえば、学校がやった調査の話って聞いてるの？」

「水性塗料だから本来安心、調べても何も出なかった、だから学校に責任はないものと考えております、ってやつだろ」いかにも非を認めない謝罪会見のようなものまね交じりで松川が応じた。「親がキレてた。図書室とか使わないから俺はどうでもいいが」

「文芸部とかは結構困ってるかもなあ……」梅森が教室の対岸の方を見た。

つられて目線を向けると、支倉佳織がいた。ちょうど友達と一緒に広げていた弁当箱を畳み始めたところだった。

気づいた彼女と目が合って、良は慌てて目線を戻した。

竹内が青い顔になっていた。「原因不明ならやっぱり呪いなんじゃ……」

「そんなわけあるか馬鹿」松川はあくまで否定派だった。

「噂とか聞いたことあるの？　ほら、学校の七不思議的な」

「ヤッシーさあ、そういうの俺らに訊くなって」梅森は肩を竦める。「俺ら部活とか入ってないし、そういう話を教えてくれる先輩ってのがそもそもいないんだよ。なんかあるってのは聞いたことあるけど」

「うちの学校、歴史はあるしねえ」と竹内。

「歴史だけは」松川が鼻で笑う。

「前の学校はそういうのなかったのか？」

梅森に訊かれ、良は腕組みになる。「私立の歴史が浅い学校だったし。全然なかった。でも、あるところにはあるんだねえ……なんか感動」

「そこ感動するとこかあ？　ヤッシーって……」梅森は途中で言葉を切った。

すると、良は後ろから肩を叩かれる。振り返ると、茶色いセルフレームの眼鏡にポニーテールの、支倉佳織の姿があった。左手を後ろに回し、右手で前髪を直していた。

「ね、安井くん」両手を後ろに回して彼女は言った。「部活のことなんだけど……考えてくれた？　昨日、変なことになっちゃったし」

「文芸部？」

「うん。どうかな？　入部届の用紙、先生にもらってきたんだけど……」

佳織は、言葉の通りに入部届と書かれたＡ４の用紙を両手で差し出した。部活名の記入欄。氏名とクラス、住所、保護者のサインと緊急連絡先の記入欄。

良はその用紙を受け取り、「ありがとう」と応じた。そして、まず見学、だから直近の活動日を訊こう、と考えをまとめた時だった。

教室前方の引き戸が勢いよく開いた。

穏やかな教室への闖入《ちんにゅう》者に視線が集中する。だがそれを物ともせず教室に入り、教壇を踏み越え、そして支倉佳織を押し退けて良の前に立った。金髪のギャルが。

「ひっ……」と良は悲鳴を上げた。

木暮珠理は良の前に仁王立ちして言った。「ちょっと来いチャールズ。あたしにはお前が必要だ」

「ひぃぃぃ……」

「ぐねぐねしてんじゃねーよ。行くぞ」

またも襟を摑んで引っ張られる。助けを求めて松川たちに目線を送るが、彼らは揃って笑顔で小さく手を振っている。まるで国旗を振る市民に応じる皇族のようだった。

「木暮さんっ！」声を張り上げたのは、やはり佳織だった。「昨日といい今日といいあなたなんなの⁉」

珠理は眉根を寄せて佳織を睨んだ。「おめーらが騒いで、大人たちがなかったことにしたがってる図書室の謎を解くのに、こいつが必要なんだよ」

「安井くんをどうする気？」

問われ、珠理は少し斜め上を見上げて考えてから言った。「ヒト官能試験の被験者。わかりやすく言えばマウス、ラット、またはモルモット」

「モルモット……?」

予想だにしない答えに虚を突かれたのか呆然としている佳織。その間に、良は教室を引きずられて廊下へ連れ出されていた。

尚も首根っこを摑まれたまま良は言った。「あの、モルモットって。まさかまたあの部屋に」

「あの部屋で、お前は何を感じた? それが呪いの正体を解く鍵だ」珠理は手を離した。「人体って、最高に優秀なセンサーなんだよ」


連れて行かれた先は校舎の三階。廊下に沿って並ぶ特別教室のひとつ、化学室だった。

「お、来たね」と科学部顧問・吉田計彦が言った。普通の教室とは違って生徒用と高さが揃っている教師用の実験台の前に木製の丸椅子を置いて座り、手元では知育玩具のような物を組み立てていた。黒いセルフレームの眼鏡はまるで重さに耐えられなかったかのように、目の半分ほどしか覆えない位置までずり落ちている。「時間もないし、一回目の試験を始めましょうか」

「良くんお疲れ」と言ったのは、林瀬梨荷だった。六人掛けの実験台に携帯できるエアピローを置いて、長い黒髪が流れるのに任せて頰を下に突っ伏していた。

「なんでここに……」

「私一応科学部なんだよね。名義貸しだけど」

「背に腹は替えられません。部員が少ないんです」と吉田。「せめて幽霊部員と言ってくださいね、林さん。名義貸しはそれが意味するところによっては犯罪です」

「えー、でもママのお店のお客さんがしょっちゅうそういう話してるし。てかヨッシー顧問の先生なのに幽霊部員はＯＫなの？　ウケる」

「どうぞ、休んでいてください。年に一度環境測定は行っていますから、安全です。それなりの費用なので判を押す立場の方々には嫌な顔をされていますが」

「なんか焼き肉っぽい匂いするけどね」と応じて、瀬梨荷は目を閉じる。

「チャールズ、こっち」と珠理に言われ、部屋の後方に設置された、アクリル窓の降りる作業台のところへ案内される。換気装置の回る音が低く響いていた。

「なんですかこれ」

「ドラフトチャンバー。略してドラフト。局所排気。揮発《きはつ》性の有機溶剤とかは基本ここで下から手だけ入れて扱うから、覚えとけよ。こぼしてもこの台の上で留まるし、気づかないうちに蒸気を吸い込むこともない」

「どこかの誰かもその中で牛タンを焼けばよかったのですが」吉田が静かに言った。「丸一日かけてオイルミストを拭き取りましたが、まだ少し焼き肉の匂いがします」

「それは謝ったし、あたしも掃除手伝ったじゃないっすかあ」

「二度としないこと」

「はい……」珠理は肩を落とす。横暴で傍若無人な印象ばかりが強い木暮珠理だが、顧問の吉田には頭が上がらないようだった。

「僕は何をすれば？」

「匂いを嗅ぐんだ」珠理は実験台の上に置いてあった白衣に袖を通し、ドラフトの中を指差した。「そこにあるやつのを。で、図書室で感じた匂いに似てるやつを探せ」

ドラフトには、二〇ほどの小さなガラスビーカーが、半透明のフィルムのようなもので封をされて整列している。ビーカーの側面にはフェルトペンでそれぞれ複雑な構造式が書かれていて、ビーカー足元のドラフト底面に番号が書かれたテープが貼られている。

「これ、どうやって用意したの？　塗料から吸い出したとか……」

「いやそれはちょっと無理。標準品だよ」と珠理は答えた。「ヨッシーにあるかって訊いたら、出てきた」

「なにそれ……」

「本校の化学準備室にないものはありません」とヨッシーこと吉田が言って、黒板の横にある古びた木製の扉を指差した。「欲しいものがあったら言ってくださいね。麻薬成分以外は大体ありますから」

「ヨッシーには逆らうなよ」と珠理。

そう言われると、ありふれた扉が図書室以上の呪われた場所のように思えてくる。

顔を引きつらせる良をよそに、珠理はドラフトの扉を開いて中に手を伸ばし、すべてのビーカーを半回転させた。そしてビーカーの位置をランダムに入れ替える。

「構造式は区別つかないだろうけど、単純と複雑くらいの差はあるし、まあ、見るとテストが意味なくなるから、見るな。絵で覚えられても困るし」

「意味ないって、どうして」

「まず今回の実験は、一人の人間の官能評価に依存するから、絶対にばらつきが発生する。この影響をできる範囲で除くために、実験は三回繰り返し行う。本当は一〇〇回やりたいとこなんだけどな」

「一〇〇回はちょっと……」

「正確さを重視するなら回数は多い方がいい。でも現実問題それは無理だから、ばらつきがある程度収束する三回に設定することが多い。そんで今回の場合は……」珠理はドラフトの中を指差す。「二回目やるときに一回目に自分がつけた評価を覚えてたら、バイアスかかるだろ。化合物名とかで匂いへの先入観がついても困るしな」

「ブラインドテストといいます」吉田が教室の反対側で、辛《かろ》うじて聞き取れる声量で言った。「本来はもう少し厳密に、安井くんの方に見てやろうという悪意があっても大丈夫なように実験系を構築して実施するべきですが、今回は構いません」

　すると珠理が良の耳元に口を寄せて言った。「さりげなく嫌味なんだよ、ヨッシーさ」

「言えてる」

「だろ?」珠理は歯を見せて笑った。

「何か言いました?」吉田は変わらず手元で何かの模型を弄《いじ》っている。「ちょっとムカついたので言いますけど、ちなみに、ビーカーには番号だけ書いて、手元のリストで管理。それを三通り用意すればよかったんです。もっと言えば、試験管の方がよかったですね」

「……確かに。次はそうしよ」と珠理。また良に耳打ちする。「たまに指導者ムーブよりエゴが勝つんだよ、あの人」

「何か言いました？」

声量が上がったためか、寝ていた瀬梨荷が「ヨッシー、うるさい」と言った。

ばつが悪そうに黙った吉田を尻目に、珠理は良をドラフト前の回転丸椅子に座らせる。そして「ちょっと待って」と言って教室の端にあるロッカーから白衣を取り出した。

「忘れてた。これ着て」

「僕も……？」

「化学物質を扱う時は着るルールだから。ほら、立って、そっち向いて」

言われた通りの方を向くと、白衣を開いて持った珠理が後ろに立った。

右袖、左袖を順番に通す。前のボタンを留める。

「最後にこれ」正面に回り込んだ珠理が、自分の白衣の胸ポケットからゴーグルを取り出し、良の目に上から装着させる。「跳ねて目に入ると物によっては最悪失明だからな。保護眼鏡は大事。面倒でも忘れんなよ」

「はい、どうも……」と良は応じた。ゴーグルから人肌の温度を感じた。

「ヨッシー、手袋は？」と珠理。

吉田はいつの間にか何かの玩具で遊ぶのを止め、クリアファイルの中の書類を確認していた。

「強酸や強塩基《きょうえんき》はありませんが、皮膚感作性の物質が含まれています。不慣れなことも考慮し、念のため着けておいてください」

じゃあこれ、と珠理は箱に入った薄いゴム手袋を差し出す。

一組取り出し、慣れない感触に難儀しながら装着する。そしてようやく、ドラフト前に座り直した。

「じゃ、始めんぞ」クリップボードを持った珠理が隣に立った。「そのパラフィルム剝がして、中の液体の匂いを確認する。鼻を直接近づけず……」

「それは知ってる。少し手前から扇いで確認……で、いいんだよね」

「オッケーオッケー。危なかったら言うから、あたしの指示に従うこと。チャールズは、それぞれのサンプルについて、例の図書室の臭気との似てる度を五段階で評価してくれ。訂正は受けつける。一つ確認する度に、そこの〇番《ゼロ》のやつを嗅いでリセットすること」

少し離れたところに、やや白く濁った液体の入ったビーカーがあり、足元に〇と書かれたテープが貼られている。

「これは?」

「レモン汁」珠理はボードに固定したノートにボールペンで何か書き込んだ。「よし、じゃあテスト①、開始!」

昼休みに行ったテスト①に続き、放課後にテスト②と③が行われた。②と③の間には屋外に出て新鮮な空気を吸いながらの休憩時間が設けられ、良はその間にグラウンドのサッカー部と外周をランニングする野球部を眺め、スマホでレシピサイトを見て記憶の中にある冷蔵庫の中身と照らし合わせ、今夜の献立を考えた。

そして③まで終了すると、まだ状況が今一つ飲み込めない良の前で、珠理は結果を記録したノートと多数の書類を実験台の上に広げた。室内には昼休みと同じく瀬梨荷がいたが、寝る代わりにずっとスマホを弄っていた。

一様によく似た書式で書かれている書類の一枚を取り上げ、良は訊いた。

「これ何？」

「ＳＤＳ」と金髪を後ろで一つに束ねた珠理は応じる。「安全データシートの略。法律で指定されてる化学物質等が含まれているものにはこれを出さなきゃいけないことになってるんだよ。ほら、このへんが吸い込んだら危ないかとか、こっちは保管するときの注意とか、燃えるかどうかとか、そういうの」

「今回の図書室の内装工事で用いられた塗料やニスのＳＤＳです」吉田も黒板前から珠理のいる実験台に移動していた。「職員会議の議事録の添付資料なんですけどね。元は」

「以前に業者さんが入って図書室内のガスを調べたけど全部基準値以下だったって話したじゃん。あれって、実はたった六種しか調べてないんだよ」

「じゃあそこの二〇種は……」良はドラフトの中を指差す。

珠理はＳＤＳの束を指先で叩いた。「ここからピックアップした、測定済みの六種以外の揮発性または準揮発性有機化合物だ」

「そんなにあるの……」

「略してVOCとかSVOCとか呼ばれてます」吉田は眼鏡の位置を直して言った。「英文法の話ではありませんよ」

吉田のジョークはあまり響かず、もっと大事に思えたことを良は問い返した。「じゃあ、調べて何も出なかったから安全って話、丸っきり嘘じゃないですか」

「でもね、文部科学省から出てる学校環境衛生基準では、その六種に対する基準値しか定められていないんですよ」

「六種が出なければ安全ってことになってるから、六種が出なければ安全である。何も嘘は言ってません、ってことになる。確かに嘘は言ってねえよ」珠理は舌打ちする。「でも、生徒のこと全然考えてねえ。教育委員会だかなんだか知らねえけど、自分たちが怒られねえことしか考えてねえんだよ」

「珠理さんって」良は憤慨している珠理を見て言った。初めて、自分から彼女の目を見た。

「もしかして、そういう不正と闘いたかった?」

「そういうんじゃねえよ。ただ、ムカつくじゃん。現実っつーか、事実っつーか、とにかくそこにあるものを見ないで、フワフワした理屈だけ捏《こ》ね回して、ちゃんとやってますアピールだけ頑張るの」

「……それを先に言ってくれれば喜んで協力したんだけど」

すると、黙っていた瀬梨荷が口を挟んだ。「それだけじゃないよねー？　珠理はさ。色々あってぎくしゃくしてる友達のためでしょ？」

「それは関係ねーよ」

「色々？　友達？」

「忘れろ」一言で良の質問を断ち切って、珠理はノートを手に黒板前に移動し、チョークを取った。「結果をまとめるぞ。三回テストして、チャールズが二回以上四以上の評価をつけたのは、五種類だった」

珠理はチョークで次々と化学構造式を描き、その下に番号と、アルファベットの名前を書き添える。その間に良も席を立ち、教壇前の実験台を挟んで黒板を近くで見られる場所に立つ。

「実は、文部科学省が出してる学校環境衛生基準とは別に、厚生労働省が出してる基準で、シックハウス症候群対策として指針値が定められてる物質が一三種あるんだ。文科省の六種は一三種に全部含まれてる」

良は言った。「あ、それ、あれだ、縦割り行政ってやつ……」

「それもムカつくけどちょっと置いとこう」珠理はチョークを持ち替える。「で、チャールズがピックアップした五種のうち二種は、この一三種に含まれていない」

珠理は構造式を赤いチョークで丸く囲った。

「思ったより絞れましたね」と良の隣で吉田が言った。手元では、また知育玩具のようなものを組み替えている。「ここまで来たら、あとは実測ですね。一三種は保護者の意見もあったので遅かれ早かれ予算が下りて測定すると思います。問題はこの二種ですね。仕方ない。私費で測るしかないか」

「最初から二〇種測るのではいけないんですか?」

良が訊くと、吉田は頼りなげに笑う。「高いんですよ、増えれば増えるほど……これとこれで勘弁してください」

吉田は、組み立てていた玩具を実験台の上に置いた。

「これは?」

「分子模型です。木暮さんがそこに描いてくれたのと同じでしょう?」今度は得意気に吉田は笑った。「1-メチル-2-ピロリドンと、2, 2, 4-トリメチルペンタン-1, 3-ジオールモノイソブチラート、通称テキサノールです」

いつの間にか、一学期の中間試験まで一ヶ月を切っていた。これまで私立中高一貫の進学校にいた良は、自分が履修していたカリキュラムがいかに普通と違うかを思い知ることになった。高校二年までに六年分の学習を詰め込んで最後の一年を受験対策に使うため、前崎中央高校の授業はすべて過去に習ったことのあるものだったのだ。

とはいえ、サボっていると父がうるさい。『活字なら教科書でもいいだろう』と父は言うが、教科書は文庫サイズでも新書サイズでもない。

「いい環境と普通の環境とか前に言ってたじゃん」ある夜、共に食卓を囲む父、弘行に良は言った。「それって物差し次第なんじゃないの。母さんと父さんの物差しは、違ってたってこと?」

「かもしれないな」父は味噌汁を啜《すす》る。「良、出汁《だし》の素が少ないんじゃないか。調味料はケチるな。味に直結する」

「血圧とかもうちょっと気にした方がいいと思うけど」と良。「父さんと母さんが離婚したのって、僕のせい?」

「確かに、教育方針について対立はあった。中学受験には反対だったんだ。小学校六年生が大学受験のことなんか考えられるわけがないし……何より、お前が受験したいと言ったことになっていたのが、父さんは不満だった」

「言ったっけ、そんなこと」

「覚えていないなら、それだけストレスが強かったということだ。コントロールされていたんだよ。でも最近、職場の同僚からこんな話を聞いてな」父は味噌汁に七味唐辛子を振って続ける。「中学受験をするなら、親にやらされている、自分の意思がない状態の方がちょうどいいんだそうだ。失敗した時に親のせいにできるから、挫折が軽い」

「そういうつまんない話ばっかしてるから浮気されたんじゃないの」

「言うようになったな」父は口角だけで皮肉に笑った。この街に来てから、父はこのやや気障《きざ》っぽい表情をすることが増えた。「ゼロではないが、他の多くの理由と並列な一つの理由に過ぎない。だから、お前が気に病むことはない」

「別に気に病んではいないけど」

「学校は楽しいか」

「別に、普通」

「母さんに」父は淡々と言った。「会いたいと思うことはあるか」

「それは、そんなにないかな。自分で台所に立つと、好きに文句言えるし」炒め物の不揃いな人参を箸で摘まんで良は言った。「父さん、包丁が雑なんだよ。厚みが違うと、火の通りにむらが出るだろ」

「なるほど。次は気をつける」

「多紀乃にはちょっと会いたいかも」良は離婚時に母親に引き取られた妹の名を挙げて言った。

「あいつ元気でやってるのかな」

「手紙はどうした。書いてるんだろ」

「今書いても半端だし、プロジェクトってのの結果が出たらにしようかなって思ってる」

「科学部のか。入部するのか」

「そうは言ってないだろ」

「なぜムキになる」

「なってない！」良は鼻息荒く言い返した。

だが、部活問題に決着がついていないのは事実だった。

同じクラスの文倉佳織は、三日に一度は良を文芸部に勧誘してくる。そのたび、何か理由をつけて入部するともしないとも明言せずにやりすごした。善意に甘えているようで苦しかった。そして自分が、向けられた善意を角《かど》が立たないように断る方法も、受け入れる方法も知らないことに気づいた。同性だったら、入る、または入らないと雑に一言告げてしまえばそれで済むのに、相手が女子になった途端に、頭がごちゃごちゃになって、何を言えばいいのかわからなくなってしまう。

松川、竹内、梅森の三人組は、雑談している時の居心地は素晴らしいが、何か相談をするような間柄ではなかった。妹にこんなことを話すのは気恥ずかしかった。超ウケるんですけど、と笑われてしまう。

そして、悶々《もんもん》として過ごした週末のことだった。

梅雨《つゆ》に備えて靴を買うという父の運転で、郊外のショッピングモールに向かった。市の北方にある〈グリーンモール前崎〉である。駅前からは路線バスが通じているが、客の大半は自家用車で訪れ、巨大な立体駐車場に停める。周辺はロードサイド型店舗が集中しており、隣の敷地には巨大なホームセンターが見える。

父、安井弘行は、靴が好きな男だった。機能性やデザイン、素材、等々のこだわり要素にそれぞれ特化したものと、定番の数足を常備せずにはいられないのだ。そして買う時は、事前に目標を定め、合致するものがあれば即決する。今日は『滑りにくく、歩きやすく、革だが耐候性に優れた、黒ではないビジネスシューズ』とのことだった。

とはいえ、付き合いで行くといいこともある。車を降りると、父は五〇〇〇円札を良に渡した。

「活字に限り、予算内で自由に買っていい。一時間後目安で連絡するから、それまで一時解散」

「ありがたや……」

「できれば金以外で親の威厳を発揮したいのだが」

「十分発揮してるよ」

「ヤンキーにカツアゲされそうになったらすぐに連絡すること」

「大丈夫だって」財布をサコッシュに入れて良は応じた。

引っ越して最初の週末に、荷物の片づけもそこそこに訪れて以来だった。その時は果てが見えないほどの巨大さに圧倒されるばかりで、結局隣のホームセンターで買い物をして帰ってきてしまったのだ。

家族連れ。若者のグループ。最上階にあるシネマコンプレックスから、感想を言い合いながら降りてくる若い男女。〈スターバックス〉に行列ができ、通路は気を抜くと他の通行人と肩がぶつかってしまうほどに混雑している。

モール内案内図を確認してから書店へ向かった。大手の靴のチェーン店とは建物の反対に位置していた。

モールに入居しているのは、前崎市を中心に県内に多数の店舗を構えている書店チェーン〈上杉屋《うえすぎや》書店〉だった。手前に雑誌、児童書のブース、コミックコーナー。レジ前に新刊と話題の本の平台、文庫コーナー、学習参考書や資格試験の本。初めて入るのに安心感がある店内で、値段を見ながら文庫を四冊買った。うち一冊は、担任の畑中から薦められた司馬遼太郎の時代小説だった。

時計を見ると、まだ父との待ち合わせには時間があった。ひとまず、歩き回ってみることにして、店舗フロア最上階の三階から一階まで見て回る。そして、買った本を読んで待とうと二階にあるフードコートに足を踏み入れた時だった。

大人の腰の高さほどの仕切りで区切られて並ぶテーブルの一角に、見知った顔があった。田舎は狭いからみんなショッピングモールに集まるし、大体顔見知りに会うんだと、父が半ば冗談のように語っていたことを思い出した。

気づかなかったふりをして、通り過ぎようとした。だが向こうが気づいてしまった。金髪のギャルだった。

「チャールズ！」と木暮珠理が言った。

向かいでは林瀬梨荷が、テーブルに半ば突っ伏すようにしてスマホを弄っていた。彼女もまた良に気づき、上体をゆっくりと上げてひらひらと手を振った。

ひとまず手を振り返す。そのまま立ち去るべきか思案していると、珠理に手招きされてしまった。

近づいていくと、珠理が自分の隣の空席を指差す。

「な、なんですか。カツアゲですか……」

「ちげえよ。まあ座れって」珠理は片手で椅子を引く。

「ひっ……」

「良くん一人？」と瀬梨荷。

「いや、父親と来てて。用事済ませてあとで待ち合わせして帰ろうって……」と応じて腰を下ろしたところで、テーブルの上に意外なものが広げられていることに気づいた。

教科書、ノート、単語帳、受験参考書。すべて珠理を中心に放射状に並んでいた。一方、瀬梨荷の方にはモバイルバッテリしかない。

「テスト勉強……？」

「家は弟いて落ち着かねえし」と珠理。「図書館とかはちょっと遠いし、なんか座ってると変な目で見られるし。ここが一番落ち着く」

「うちらの指定席だもんね」瀬梨荷は笑う。

私服姿を見るのは初めてだった。珠理の方は黒い細身のパンツにパーカーで、椅子にデニムジャケットが掛けられていた。大して瀬梨荷の方は、肩の出た少し韓国っぽい黒いワンピース姿だった。

何買ったの。本だよ。まだテストまで日があるのに。私服いいじゃん。地味だけど逆に東京っぽい。逆にって何。等々。世間話を必死で乗り切っていると、不意に瀬梨荷が言った。

「意外でしょ。珠理って超真面目なの」

「そっちが不真面目すぎんだよ」

「いや、珠理が超なんだって。去年の期末だってヤバかったじゃん」

「赤点に言われるとなんかバカにされてるっぽいんだけど……」

「してませーん」

「どうだか」

「もしかして」ふと思い当たって良は言った。「学校の図書室で勉強とかしてた？」

珠理はノートを見ていた目線を上げた。「誰があんなところで。支倉がいちいち絡んできてうぜーんだよ」

「支倉って、Ｆ組の支倉さん？」

「そうそう」代わって瀬梨荷が応じた。「中学の時に、珠理とちょーっと色々あってね。今めっちゃ険悪になって、そのまま」

「それはどうでもいいんだよ」と珠理。「それよりチャールズ、お前文芸部入るの？」

「決めてはいないけど……」

「いいじゃん文芸部。今日も本買ってるみたいだし」瀬梨荷は青いマニキュアに彩られた指で良の買い物袋をつついた。

「答えを引き延ばすのはクソ野郎のすることだぞ」珠理の目は問題集に戻っていた。「入るにしろ入らないにしろ、さっさと決めろよ」

「それなんだけど」と良は言った。もういっそ、彼女たちに相談してみようと腹を決めたのだ。

文芸部には誘われ続けていること。入部を迷っていること。引き延ばして申し訳ないと思っていること。それ以上に、彼女の善意に、どう対応したらいいのかわからないこと。支倉さんが男子だったらこんなこと考えないのに、とまで言ってしまった。

「良くん男子校だったんだ」と瀬梨荷。「なんかそれっぽいかも」

からかうように笑っている瀬梨荷。だが、珠理は音を立ててシャープペンシルを置いた。

「……完全に恋じゃねーか！」

「ひっ……！」

「やっぱり時代は清楚で真面目なポニテ眼鏡か。ちくしょう、あたしもグラサン買おうかな」

「ギャルが極まるからやめときなって」乾いた笑みの瀬梨荷。「それに、良くんのはそういうのじゃないと思うよ」

「じゃあなんなんだよ。ドキがムネムネするやつじゃねーのか」

うーん、と顎先に指を当てて、瀬梨荷は首を傾げて良を見た。「言ってもいい？」

「うん。お願いします」

「怒らないでね」

良はもう一度頷く。

良と瀬梨荷に目線を往復させる珠理。その瀬梨荷は、両手を膝に置き、にっこり微笑んで言った。

「ただの下心じゃない？　それって」

週明けの学校は、次第に近づくゴールデンウイークのために気怠《けだる》い空気が漂っていた。休みが明けて二週間もすれば中間試験だが、誰もがその現実から懸命に目を背けている。

まだ四月だというのに気温が高い日が続き、生徒たちの中には半袖で過ごす者もちらほらと現れる。教室の窓の向こうに時折早生まれのアゲハチョウが舞うようになり、葉桜は他の木々と区別がつかなくなる。

週末、吉田が手配した業者が図書室に入り、室内のガスの採取が行われた。分析に回し、結果は数日で判明するという。一三種の調査については学校予算で行われることが決定したが、今回の調査はそれ以外の、科学部と良が絞り込んだ物質を主な対象とした。出費を抑えるために、特別料金が必要な物質については、分析も吉田自身が市内の施設で機器の時間貸しを利用して行うとのことだった。

『昔取った杵柄《きねづか》だね』と吉田は言っていた。学生時代は分析化学を専門にしており、分析機器の扱いはお手の物なのだという。

施設、とは前崎工業技術試験センターのことであり、市の東側の工業団地に近い場所にある。技術開発の促進を目的に高額な機器の数々が取り揃えられており、運営の主体は行政。自前で機器を用意できない中小企業の技術者たちが主に利用する。もちろん、一般市民にも開放されているものだ。

そして化学の授業がない日に合わせて吉田が休暇を取った日のことだった。

昼休みに学食へ行こうとした良を、呼び止める声があった。支倉佳織だった。

先日、ショッピングモールのフードコートで、林瀬梨荷に言われたことを思い出さずにはいられなかった。

『意識してるのか無意識なのかわかんないけど、良くんは支倉ちゃんの気を引きたいっていうか、自分にとっての完璧な女の子になってくれると思ってるんだよ。まずそういう幻想を捨てな？』と瀬梨荷は言っていた。『別に支倉ちゃんじゃなくてもいいんだよ。相手のことじゃなくて、自分のことしか考えてないから。ま、男の子、もっと大人の男の人でも、だいたいみんなそんな感じなんだけどね。それって恋愛以前の問題でしょ？　もっと言っちゃうと、それって、お母さんへの態度だから。そういう人が女の子を嬉しがらせる小手先のテクだけ身に着けると、最初はよくてもそのうち女の子の方が一方的に辛《つら》い関係になっちゃう』

そして、『ちゃんと恋愛ができる人って、本当に少ないんだよね……』と続け、瀬梨荷は遠い目をしていた。語ったような関係に陥った経験がいかにもありそうな物言いだったが、踏み込むことはできなかった。

今日はお弁当じゃないの、と言う佳織と一緒に食堂へ行き、同じ定食を注文する。お昼時の食堂は混雑していたが、どうにか二人向かい合わせの席を見つけて腰を落ち着かせた。

また文芸部へ勧誘されるのか。幻想を捨てろ、そういう態度は母親だけにしろ、と笑われる態度は取りたくなかったが、さりとて向き合って座ると顔に血が昇る。

だが、佳織が切り出した話は予想と異なっていた。

「珠理と一緒に、図書室のこと調べてくれてるの？」

良は頷く。「僕はモルモットだったけど……」

「あの子、私のこと何か言ってなかった?」

「特に聞いてはいないけど」と嘘をついた。珠理ではなく決まって瀬梨荷の口からだったから、あながち嘘というわけでもない。

箸を置いて考え込む佳織に、良は訊いた。

「珠理、って呼ぶんですね」

「昔、ちょっと仲良かったんですよ」

「何かあったの?」

「ちょっとね。私の方が、酷《ひど》いこと言って珠理のこと傷つけたから」応じて、佳織は慌てたように箸を取った。「ごめんね。急にそんなこと言われても困るよね。聞かなかったことにして?」

「じゃあそうします」

「感謝します」姿勢を正して佳織は言った。

それからしばらく、定食のメニューの話や、教室で松川がよく語っている長距離乗車武勇伝のこと、文芸部に年二〇〇冊以上読む多読武勇伝部員がいることなど、とりとめもなく話す。

そして、これまでの調査のこと。

「ピロピロなんとかと、テキサノールっていう物質に候補を絞った」良はスマホで撮影した、吉田の作った分子模型の写真を佳織に見せた。「でも、なんか妙だなって気がする」

「妙？」

「うん。だって、普通に使われてる物質ってことでしょ。普通に書いてあるし。危ないなら、なんで厚生労働省なり文部科学省なりの指定リストに入らないんだろう」

「別の原因があるってこと？」

「別の毒が……は、ちょっと飛躍してるか」

「やっぱり科学じゃ説明できない呪いなんじゃ」佳織は俯き、眉根を寄せる。「私ね、司書の先生が具合悪くなった時、現場に居合わせたの。最初は、暖房が強すぎたのかなって思ったんだけど……」

「暖房？」と問い返して、工事が行われたのは昨年という話を思い出した。冬場だったのだ。

そして、良が木暮珠理の悪巧みのために図書室に閉じ込められたのは、春にしては気温が高い日だった。

「私や他の部員は大丈夫だったんだけど、しばらくして図書委員の子が同じように具合悪くなっちゃって……それって、本に触れる機会が多い順番でしょ？　だからやっぱり、あの部屋にある忌書に呪われた順とか、強く呪われた順だって考えると、辻褄《つじつま》が合うし」

「いや、違うよ」良は箸を置いた。「それ、単に図書室の中にいた時間が長い順だよ」

「でも私、実は、幽霊を見たの」佳織は右手を左手で包んで、テーブルに身を乗り出した。

「安井くんが呪われた日だったと思う。うん、珠理に連れてかれてた日。二階の教室から昇降口に降りるとき、突き当たりに図書室がある廊下通るでしょ？　私、あの日帰ろうとした時、見ちゃったんだよね。図書室の扉の窓で何かが動いてるの。それで、気になって、じっと見てたら内側から扉がドンって、何度も……」

「支倉さん、眼鏡外すと視力いくつ？」

「え？　外すと、０・５くらいだけど……」

「じゃあ、行き帰りとかは外してることもある？　その時も、外してたんじゃない？」

「外してた……けど、見間違いじゃなかった！」

佳織は見間違えていない。確かに、その時図書室の中に人影はあったし、その人影は内側から扉を叩いていた。他でもない、木暮珠理の悪巧みによって閉じ込められた良自身だ。

「他の呪われた人も、同じような心霊体験してるの？」

「聞いてはいないけど……でも、次は私が呪われるような気がするっていうか……」

「その前に科学部のプロジェクトが謎を解くよ」

「でも……」と佳織が応じた時だった。

良の上着のポケットでスマホが震えた。珠理からのＬＩＮＥだった。

『ヨッシーから速報　ビンゴ』

『今日放課後化学室な！！！！』

と書かれていた。

放課後。良と珠理が二人で待つ化学室にいつにも増してくたびれた様子の吉田が現れたのは、全校下校時間も近づいた頃だった。

「と、いうわけでですね。調査に入った環境測定の会社をせっついて速報を出させ、また、僕自身もサンプリングしたガスをGC－MSで測定しました。その結果がこちらです」

吉田は何かのグラフが印刷された紙を実験台に置いた。

「これがテキサノールの濃度ですか？」と珠理。グラフに目を凝らしていた。「ピーク面積は、えっと……」

「異性体がありますので、開裂した二つ分の合算です」吉田は実験台に置きっぱなしになっていた分子模型を取り上げ、一部を組み替えた。「一立方メートルあたり三四〇マイクログラム。ちなみに1－メチル－2－ピロリドンが二〇〇出てますね」

「……それって危ないんですか？」と良は訊いた。

「厚生労働省のガイドラインで一三の物質について指針値が存在していると言いましたね？　これとは別に、総揮発性有機化合物、略してTVOCの暫定《ざんてい》目標値が設けられています。よって、が、全部合わせて一立方メートルあたり四〇〇マイクログラム以下となっています。よって、完全にアウトです。もっとも、今回の測定は予算の都合で非常に不十分なのですが……」

「こんなん出てれば十分じゃないですか」と珠理。

「いや、本当は部屋のあっちこっちからサンプリングすべきなんです。今回は対象となる物質が含まれた塗料などが使われている壁面の近くだけに限らざるを得なくて。予算の都合で」

「……ヨッシーが正規教員だったら？」

「その場合測定する時間を取ること自体が困難だったでしょう。教員はブラック労働なんです」

珠理が苦笑いで良を見た。どう思うよ、と言われている気がして、良は同じ苦笑いを返した。だが、まだ少し納得がいかなかった。

「でも、テキサノール？　が危ないとは限らないじゃないですか。指針もないし。全部合算ってのは、暫定なんですよね？」

「そういうんじゃねえんだよ」と珠理。「なんでも危ないって考えるのもオカルトだけど、特定の化学物質だけが危ない、だからそれを避ければオールオッケーなんて考え方も、オカルトだぜ。だから間を取って総量で規制しようとしてんじゃん。お前の考え方は、なんつーか、書類オカルトだよ。この文系め」

「確かに文系だけど……」

「特定の物質の危険性だけをあげつらうタイプのオカルトよりは、まだ文書主義という基本に立脚しているだけ救いようがありますよ」吉田は広げた書類を束ねながら言った。「でも科学的に誠実な、完全な因果関係の証明って、とても難しいんですよね。人体って化学物質への感受性に結構ばらつきがありますから、大規模なデータを集めないと何も断言できない。その隙に、木暮さんの言うオカルトが忍び込むんです。そして議論は現実から乖離していく」

「でもこれだけ調べれば、さすがに職員会議とか教育委員会？　とかも動いてくれるっしょ？」

「それに関連しますが、一つ興味深いデータが得られています」吉田は束のうちの一枚を取り出して実験台に置いた。先程とは書式が異なっており、グラフの描かれ方も違う。「これは業者さん、まあ僕の高校時代の友人なんですが、彼のところが測定したＨＰＬＣの結果で、このピークはホルムアルデヒドを示しています。一立方メートルあたり八〇マイクログラム近く出ていまして。文科省の基準に六種の化学物質が指定されていると言いましたね？　その六種にホルムアルデヒドは含まれています。基準値は一〇〇ですので、一応満たしているのですが……」

珠理が首を傾げた。「前は出なかったのに？」

「ええ。おそらく、気温が上がったせいでしょう。前回の測定が行われたのは二月です。寒い環境で測定したため、あまり数字が出なかったと考えられます」

「それです！」良は声を上げていた。佳織の話を思い出したのだ。「司書の先生が体調不良になった時、暖房が強めにかかってて、それで気分が悪くなったと最初は疑われたって！　その時一緒にいた人から聞きました！」

「なるほど」珠理は腕組みをする。「チャールズを放り込んだ時も、結構あの部屋閉め切って暑くなってた。そのせいで、建材に染み込んでた化学物質が揮発して……」

「呪いになった？」と良は言った。

珠理は頷く。「今現在の主な原因物質は、１－メチル－２－ピロリドンとテキサノールである可能性が高い。でも、ホルムアルデヒドも、今測って八〇とかってことは、当時もし暖房をつけた状態で……体調不良になった人が出た時と同じ環境で測定してたら、基準値を上回ってた可能性がある」

「あの、珠理さん」ん、と言って顔を向けた珠理に良は言った。「ここって、冬寒い？」

「寒いぞ。雪も降るし。街中はそんなに積もらないけど」

「数年に一度しっかり積もりますね」と吉田。「さて、科学部の仕事はあともう一つですよ、木暮さん」

振られた珠理は、渋い顔で窓の向こうに目を逸らしている。

代わりに良は訊いた。「これで終わりじゃないんですか？」

「ええ。プロジェクト終了の報告書を上げてもらいます。折角の成果ですから残すべきですし……職員会議に上げるにも、非常勤講師より熱心な二年の生徒の報告とした方が通りがよさそうなんですよねえ」吉田はUSBフラッシュメモリと印刷物を珠理に渡す。「測定結果の電子ファイルと、その他諸々の写真類が入っています。よろしくお願いしますね。そもそも今回は、いいいいいい、あなたの強い希望で始めたプロジェクトですよ」

「わかった。わかったって。やればいいんだろ」不承不承で珠理は資料一式を受け取る。

吉田は満足げに頷いた。「試験も近いですから。支障が出ない程度でお願いしますね。もちろん、安井くんと協力して作成しても構いませんよ？　彼も当事者ですから」

良は珠理と顔を見合わせる。

不思議だった。彼女なら、真正面で向き合っても顔に血が昇らないでいられる。

すると珠理は、資料一式を良へ押しつけた。

「お前やれ」

「いや、無理だって。僕全然わかんないし」

「文書だぞ。文系だろ。人間にはそれぞれ適性ってのがあんだよ」

「いや実験報告だよね⁉」


下校のピークを外れた路線バスは空いていた。先に乗り込んだ珠理が最後部座席に座り、良はその隣に腰を下ろした。三〇分に一本しかないバス。東京とは違う後払いの料金制に、ようやく身体が慣れてきた。

掠《かす》れた声で運転手が発車を告げ、バスが動き出す。沈みかけの夕陽で、車内はオレンジ色に染まっていた。続いて録音されたアナウンスが流れる。このバスは前崎駅行きです。お降りの方はお近くのボタンで乗務員にお知らせください。次は――。

良は、押し問答の末結局預けられた資料を開く。読み方のわからないグラフ。吉田が手書きしたメモ。その中に、何かの雑誌記事の写しのようなものを見つけた。頭に原著論文、と書かれていた。

いわゆる科学論文。現物を見るのは初めてだったが、軽く目を通しても、目につく言葉の一つ一つが難解だった。

だが、ページを捲《めく》ると、見覚えのある単語にラインマーカーが引かれ、付箋が貼られていた。

「1ーメチルー2ーピロリドンと、テキサノール」

もう一度表紙に戻る。『水性塗料の成分による新築学校校舎の室内空気汚染』と書かれていた。

読めるところだけでも読んでいく。

似ていた。寒い地域に、冬の時期に新築された学校で、体調不良者が続出、調査しても化学物質の濃度は基準値以下、そこでさらに詳しく調査したところ二種の化学物質の関与が疑われた。引き渡し前の測定時に暖房を点けなかったために室内空気の汚染を見過ごして、春になり気温が上昇し危険が顕在化した状態で生徒たちが利用してしまったと推測されること。

父が言っていたことを思い出さずにはいられなかった。学校事故は、どこでも、何度でも、同じことが起こる。教育現場には、情報共有という概念がない。だからある学校で起こった事故の教訓が、他の学校に通う子供たちを守れない。

おそらく、吉田はあらかじめ、1－メチル－2－ピロリドンとテキサノールが原因であると目星をつけていたのだ。同じ物質を都合よく化学準備室から持ち出せたのも、安全データシートを見た珠理が欲しがることを予想して準備していたのかもしれない。

考察のところに、またラインマーカーが引かれている。

厚生労働省の検討会で二〇一七年、テキサノールを含む七種の化学物質について室内濃度指針値を設けることが決定された。しかしその後、業界団体等からの反発によって四種は見送りになった。最大の理由は、代わりになる物質を探すことが難しいから。

そのラインマーカーを引いたところをボールペンで囲い、吉田の手書きで『危ないけど代わりがないのはよくあること　例：鉛』とメモされている。

理想だけでは世の中は回らないという趣旨のことも、吉田は言っていた。

隣を見ると、珠理がスマホで動画を見ていた。字幕が小さい、映画か何かのようだった。

「何観てるの？」と訊くと、珠理は画面を見たまま応じた。

「悪霊が人を惨《むご》たらしく殺しまくる映画」

「なんでそんなのを……」

「文倉とよくこういうの観てたんだよ。あいつ、ぎゃあぎゃあ騒ぐから面白くってさ。何が忌書だよ、あのバカ」

閉じ込められた良のことを図書室の悪霊だと思い込んで本気で怯えていた文倉佳織の姿を思い出した。言いそびれてしまったが、機会を見つけて正体を白状するのが賢明だった。

ふと気づく。

今回のプロジェクトは、珠理の強い希望で行われたと吉田は言っていた。

「珠理さん」

「何？」珠理が顔を上げた。

差し込む夕陽が金髪を輝かせていた。水田と水田の間を、バスは泳ぐように走り抜ける。路面の段差で車体が揺れるたび、珠理の胸元で緩く着けられた制服のリボンが揺れた。スマホ画面の映画が、止まることなく再生されている。世界で最も偉大な化学者の一人が発見した物質を象《かたど》ったブレスレットが金属音を鳴らす。逆光の中で、透き通る目が良を見ていた。眩しさに、良は目を細めた。

訊いてみたかった。

転校生をモルモットにするほど必死になって図書室の忌書の謎を解こうとしていたのは、文芸部員で、図書室が使えずに困っていて、でも今は関係がぎくしゃくしている、ホラーや怖い話が心底苦手な友達のためだったんですか。何があったのかは知らないけれど、ポニーテールに眼鏡の彼女は今もあなたにとって、大切な友達なんですよね。

すべて飲み込み、良は言った。

「なんで牛タン焼いてたの?」

【Project #34　黄泉からの手紙】

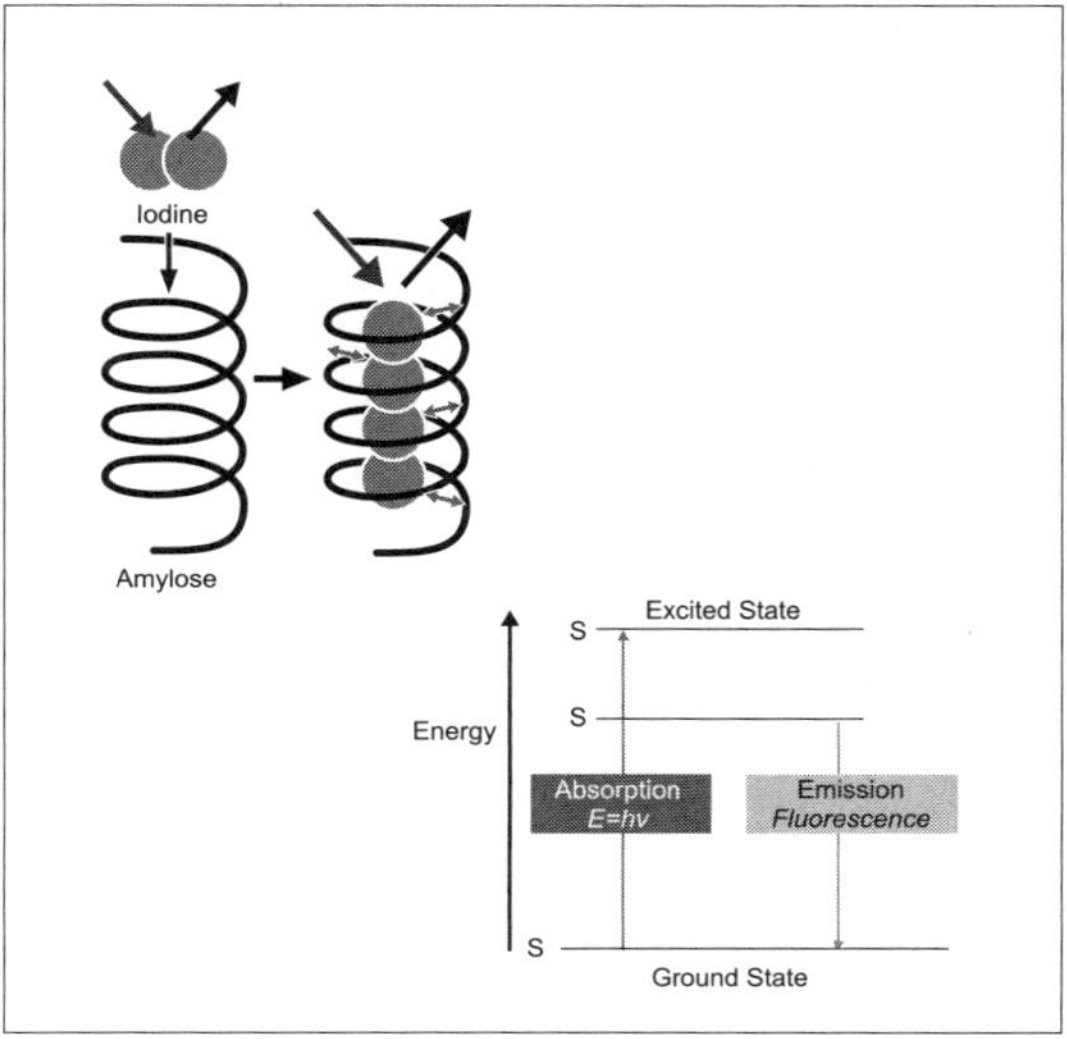

拝啓　妹様

新しい環境は刺激に満ちており、卒業するまでに慣れることができるのか不安になってきました。中でも、化学室で牛タンを焼いていた金髪のギャルに絡まれ、気づいたら図書室の室内環境汚染について調べていたことが何よりも（物理的に、化学的に？）刺激的でした。田舎のギャルとヤンキーに絡まれたら終わりだと父さんに脅されましたが、まったくその通りだと思います。

でも、人に振り回されるのは意外と楽しいです。これまで、周りで誰かが騒いでいたことはあっても、僕自身が誰かに振り回されることはなかったのです（家族のことは除きます）。あなたの兄は、自分の周りにあることを、無意識にすべて他人事にしてきたのかもしれません。

通学のバスは田んぼの中を走っているし、お店は全部国道沿いかショッピングモールの中にあります。夜八時を過ぎたら周りに買い物ができるところはコンビニしかなく、使える宅配ピザは一軒だけです。当たり前とすら思わなかったことが、ここでは当たり前のように存在しないのです。東京の便利さしか知らなかった自分が、段々怖くなってきました。

そちらは、悩みが多いながらも前向きに頑張ろうとしている様子が伝わってきます。母さんが悪口を言うのは、どこかにはけ口が必要だからなのだと思います。それがあなたに向かわず、一緒にいない僕と父さんに向けられているのなら、そのままにしておくのがよいと兄は思います。

あなたと、僕たちの母さんの幸福を祈ります。

良

追伸　眼鏡はナメられると父さんが言うからコンタクトにしたのに、結局先述のように金髪のギャルに絡まれました。父さんはいつも適当なことばかり言っています。

＊

呪われた図書室について朝のホームルームで配られたプリントは、昼休みになっても教室の話題を席巻《せっけん》していた。結局、塗料由来の残留化学物質だったこと。部屋を暖めて揮発《きはつ》させる措置が取られ、早ければ六月にも使用可能になること。保護者の方々からの問い合わせ窓口を設けること。

しかし、二年C組の教室では、もっぱらプリントが配られるに至った経緯の方が話題になっていた。A組の、派手な金髪で知られる木暮珠理という女子生徒が、部活動の中で〈忌書《きしょ》の呪い〉の正体を突き止めたというのだ。

「科学部って凄かったんだな」筒井《つつい》駿太《しゅんた》が言う。「部員不足で何年か前に統合されたんだろ？

昔は生物部、物理部、化学部があったらしいじゃん」

「さあ？　そうらしいけど」

潜め笑いを交わしながらこちらを見ていた女子のグループに手を振り、駿太は言った。「つーか康平《こうへい》お前科学部じゃなかったっけ？」

「幽霊部員だけどね」と赤木《あかぎ》康平は応じた。「あそこ、真面目にやってる部員は木暮さんだけだよ。去年は何人かいたんだけど、みんなそんなに真面目じゃなかったし、木暮さんとノリが合わなくて辞めちゃったんだよね」

「ノリ良さそうじゃん」

「木暮さんはね。他は駄目だった。レシプロとロータリーの違いもわかんねーし」

「ほんと好きだよな……」駿太の色黒だがあどけなさが残る顔が苦笑いになる。「高専行けばよかったじゃん。そんな好きなら」

「まったくだよ。俺は生まれる時代も通う学校も間違えた」康平は、ペンケースに付けたロータリーエンジン形のキーホルダーを指で撫でた。

前崎市は自動車産業が盛んであり、メーカーや販売店に人材を送り込むための高専や専門学校が多数存在する。この街の少年たちにとって、先が見える数少ない進路のうちの一つだった。しかし、その進路を進もうとする若者は、偏差値が高くなればなるほど少なくなる。前崎中央高校において、康平は少数派で、駿太が多数派だった。親の世代が言うには、かつての、この学校の生徒指導では、『ちゃんと勉強しないとクルマ屋になる』が定番の脅し文句だったのだという。

時代を間違えたクルマ少年である康平の一方、万年県予選一回戦敗退のサッカー部に所属する筒井駿太は、それでも中学からサッカーを続けるサッカー少年で、今は二年にしてレギュラーの座を射止めている。自宅の部屋には、贔屓《ひいき》にしているイギリスのクラブチームのグッズや選手のポスターが所狭しと飾られている。髪型は、憧れの選手に似せたという黒髪の短髪だった。

どんな学校でもどんな教室でも、なぜかクラスには中心になって周りを盛り上げる生徒がいる。二年C組ではそれが筒井駿太だった。そしていつも、駿太の周りには女子の壁ができる。彼女たちは駿太目当てでやってきて、駿太と話す言い訳作りのように康平と話す。

顔ではないのだと康平は確信していた。敢えて言うなら、オーラのようなものだ。対する赤木康平は、彼に比べれば地味な方だ。髪を染めてみても、ツーブロックにしても、制服を着崩してみても、クラスの中心からは少し外れている。決して隅ではないものの、自分の言葉がクラスに響いていると感じることは、康平にはほとんどなかった。

好きな物は、クルマだ。

特にロータリーエンジンを積んだクルマが好きだった。小さい頃、親戚が乗っていた赤いRX‐7《セブン》の、他のクルマとあまりにも異なる、巨大な生物の息遣いのような独特のエンジン音が、康平の魂にも火を点けてしまったのだ。

「クルマ屋って何学部行けばなれんの？」

「自動車メーカーなら工学部だろ」と応じた駿太は、また前を通るクラスメイトに手を挙げて応じている。

「いやそうじゃなくてさ、自分のクルマ屋。カスタムPRO SHOP赤木みたいな感じの」

「……自動車整備士？」

「やっぱ高専か。高専だったよなあ……」

「クルマの専門学校行けばいいじゃん。俺の叔父さんもそこ出てメーカーで働いてるよ」

こいつ内心どうでもいいんだな、と直感せずにはいられなかった。

クラスの中心で笑っていても、相手を冷静に値踏みして、人によっては心からは笑わず、誰にでも分け隔てなく接する優しい男子生徒を事務的に演じているような時がある。中学三年の時に初めての彼女ができてから、高校二年の今までに、康平が知るだけで五人の恋人の間を渡り歩いている。すぐに別れてしまうのは、親密に接すれば誰でも、彼の冷たい部分に気づかずにはいられないからなのではないかと思う。

こっちだって悩んでんだよ、簡単に言いやがって。

と言い放つわけにはいかないのが教室という空間だ。

誰にでも、大なり小なり似たようなところはある。だからそれを理由に駿太を責めることはない。たとえ中身のない笑顔のためにどんなに苛つかされたとしても、友達と名のつく関係には常に笑顔を返すことが義務づけられている。

だが、その日の駿太は、雰囲気がいつもと少し違った。楽しそうに笑っているか、つまらなそうに笑っているか、あるいはただ人間関係のために笑っている顔ばかりの駿太が、いつの間にか、表情に不安を覗かせていた。

「康平、木暮さんと仲良い？」

「まあ、普通に話すけど。中学同じだし」

「じゃあちょっと、調べてほしいことがあんだけど」

そう言って、駿太は机の中から何か取り出して、康平の机の上に置いた。

封筒だった。筒井くんへ、と書かれている。

「何これ」

「下駄箱に入ってた」

「すげ。ラブレターってやつ？　実物初めて見た。出す人いるんだ」

「いいから、中見てみろよ」

「……それヤバくね。個人情報的に」

「じゃあ俺が開けるから」駿太は何度か開け閉めして糊が弱ったハート形のシールを外し、中の便箋《びんせん》を取り出した。

受け取り、意を決して開き、そして康平は首を傾げずにはいられなかった。

二枚入っていた便箋は、いずれも白紙だった。

「気味悪くってさ。ヤバい呪いとかだったら嫌だし……調べてくんね？　科学部で」と駿太は言った。「実は俺、先輩から聞いたことあるんだよ。そういう噂」

不安が半分、もう半分は、一応科学部である自分を介しての木暮珠理という話題の女子とのワンチャン狙いだろうな、と康平は思う。

「噂って？」

「下駄箱に届く白紙の手紙は、死人からの手紙らしい。……ま、ありえないと思うけど」鼻で笑う駿太には、心なしか虚勢の色が混ざっているように見えた。


「先生。僕は金髪恐怖症かもしれません」と安井良は言った。

放課後の保健室。ロールスクリーンの隙間から漏れた夕陽が樹脂張りの床に日差しの線を刻んでいる。窓辺の観葉植物は青々と葉を茂らせ、明るい木目調でひょうたん形をしたテーブルの上には、この部屋の主の趣味なのか、箒をひっくり返したようなアロマディフューザーや緩い造形をしたサメのぬいぐるみが並んでいる。

生徒のメンタルケアにも力を入れている学校のようで、怪我や体調不良などの相談を聞くための、内科の診察室のような机と椅子とは別に設けられているのが、ひょうたん形のテーブルである。その栓の部分に置かれた背もたれ付きの椅子に、良は浅く腰掛けていた。

「大体想像はつくけど、詳しく聞かせてもらえる？」と応じたのは、養護教諭の新井奈々だった。白衣を着て、明るい色の髪をハーフアップにした優しげな風貌の彼女は、一応メモを手元に置いて、良に半身を向けている。

「金髪が近づいてくると、動悸と息切れがするんです」良は肩を落として言った。「この街にはギャルとヤンキーがたくさんいるって父に言われたんです。だから、僕は眼鏡をコンタクトにしました。ギャルとヤンキーにナメられたら学校生活は鈍色《にびいろ》の日々になるだろうって。殴られたり蹴られたり、カツアゲされたり焼きそばパンを買いに行かされたり……」

「うん。ちょっと、古いかもしれないけど、集団生活だとどうしてもね、自己主張の強い子ってのはいるからね」

「僕、中学受験して、男子校の進学校に通ってたんです。中高一貫の。真面目な学校で、そりゃ、いじめとかゼロだったかっていうとそんなことないですし、昔は学校内で殺人事件とかもあったんです。でも、髪を染めてる人なんかいなかったし、周りの公立校から狙われて連続カツアゲ事件になったこともあったんですけど、その時も先生の一人は、紳士的にネクタイを締め、鞄を持てば襲われない、そういうのは同類同士の争いなんだ、君たちは違うはずだね？とか言ってて。ほんと、そのくらい平和っていうか、運動部とかも超弱くて、なんか、繁華街とかからも離れてたから、『魔の山』とか『風立ちぬ』とか、そのへんのサナトリウム文学を地で行ってるっていうか」

「前崎に来たのは、確かご両親が……」

「はい。離婚して、ここは父親の故郷です」

「じゃあお父様のご実家はこちらに？」

「一回挨拶に行きました。でも父さん、次男だからとかで、好きにしろって感じみたいです」

「お父様以外に、家族は？　一人っ子？」

「妹がいます。母と一緒に、東京で暮らしてます。手紙のやり取りだけしてるんですけど」

「古風ねえ。今時文通なんて」

「それはちょっと、色々あって。そんなことはいいんです」逸れた話を軌道修正する。良は、保健室の閉じた扉を指差した。「もう、ああいうのが怖いんです。いつあの扉がバーン！って開いて、金髪ギャルが僕を拉致《らち》しに来るんじゃないかって想像しちゃうのが止められないんです」

「あの子は少し強引なところがあるからねえ」新井はとうとうペンを置いた。「でも、いい子でしょう？　確かに、私も最初はびっくりしたけど、真面目で素直で一生懸命で友達思いの子だと思うけど」

「授業中も、扉が目に入ると駄目なんです。金髪ギャルが突入してくる姿が目に浮かんで……」

「……年頃の男の子によくあるらしいじゃない。ほら、学校にテロリスト妄想？」

「どっちかっていうと、クローゼットの闇の中に潜んでいて、悪い子を連れ去る的な」

「チャールズくんは悪い子じゃないでしょ？」

「ひっ……」不意に告げられた偉大な化学者の名。良の脳裏に、白衣を着た金髪のギャルの姿がフラッシュバックする。目の前の養護教諭の白衣すら、恐怖を招き寄せる枕詞《まくらことば》となる。

「な、な、なんで、先生までその名前を」

「嫌だったの？　先生は可愛いと思うけど。それに、ちょっと素敵じゃない？　アリョーシャみたいで」

「それ！　それこそ！　人の不幸を高みの見物する者もまた同罪だと告発する小説ですから！」

「へえ。あれってそういう話だったのねえ。さっすがチャールズくん。ところで」新井は椅子を動かし、身体が良の正面を向くように座り直した。「部活は決めたの？　先生は、科学部に入るといいんじゃないかなって思うんだけど」

「どうして。嫌です。怖いです」

「表面上は優しい子ほど裏表があったりするからねえ。彼女は金髪だけど、最近じゃ珍しい、裏表がないいい子だよ？」

「ヤンキーに子猫！　確証バイアスっていうんですよそれ！」

「ハロー効果とゲイン効果かな？　何にせよ、見かけで人を判断するのはよくないと思うけどなあ」

「人の内面は見かけに現れるじゃないですか」

良の抗弁を見事に無視して新井は続ける。「科学部ってね、とっても部員が少ないの。だからチャールズくんが入部してくれたら、吉田先生が喜ぶと思うなあ」

「そんな自己犠牲の精神はないです。僕には」

「それでね、入部したらね、『新井先生に薦められました』って吉田先生に伝えてね。できれば『新井先生にお礼をした方がいいと思います』とも伝えてくれると嬉しいなあ」

「お礼？」目の前の養護教諭が妙なことを言い出していることは良にもわかった。

「ええ。別にそんな丁寧なものじゃなくてもいいの。たとえば……そう、食事に誘ってくれたりすると嬉しいかな」

「吉田先生よく学食でカップ麵食べてるの見ますよ」

「あのねえ、チャールズくん」ひょうたんの上に身を乗り出すようにして新井は言った。「私はね、小学生の頃からずっと、綺麗で優しい保健室の先生に憧れてたの。大学は心理学系の学部で、院では臨床心理士の資格を取って、養護教諭免許状も取ってね。それで念願叶って採用試験に通って、この学校に配属された。でもね、この歳になって、気づいたことがあるの。『綺麗で優しい保健室の先生』には、限度がある。三〇過ぎたら、ちょっと苦しいでしょう?」

「よくわからないですけど、美しさに年齢は関係ないってよくテレビで言ってます」

「私の自己認識の問題だから、テレビとか関係ないの。わかる?」

「わかりました」迫力に圧《お》されて良は頷《うなず》く。

「吉田先生って独身でしょう?　恋人もいないみたいだし」

「そうなんですか?」

「吉田先生を見てると、もっと自分を大事にする暮らしをさせてあげたくなるのね。たとえば……お弁当とか。髪もちゃんと切って、シャツにアイロンかけてあげて……」

「新井先生の自己認識の問題?　と吉田先生は関係ないと思うんですけど……」

ここではないどこかを見ているかのようだった新井が急に冷たく言い放つ。「いいからあなたは科学部に入ればいいの。ね?」

嫌です、と即答できない圧力が宿った笑顔だった。

その時だった。

ベッドを囲んでいたカーテンが動いた。垣間見える足元をよく見ると、女子の制服のスカートが落ちていた。ベッドの上から手が伸びて、それを拾い上げる。ややあってから、カーテンが開いた。

「あ、良くんじゃん。おはよ」

髪に手櫛を通し、欠伸《あくび》しながら現れたのは、制服のシャツの上にジャージの上着を羽織った林瀬梨荷だった。片手にはジャージの下と通学鞄。今日はちゃんと穿《は》いて寝ていたようだった。

「具合はどう?」と新井。

「もう大丈夫そう。ありがと」と応じて、瀬梨荷は良に近づいてきて言った。「今奈々ちゃん先生が言ってたのは大体全部吉田先生好き好きな自分への言い訳だから、気にしなくていいよ」

「林さん?」新井の笑顔が瀬梨荷に向く。

「好き好き……?」良は首を傾げる。

「え、そこから……?」瀬梨荷は苦笑いになって言った。「恐るべし、男子校」

「具合悪かったの?」やり取りに釈然《しゃくぜん》としないながらも良は訊いた。

「今日はサボりじゃないよん」瀬梨荷の空いた手がピースを作る。「でも色々聞いちゃった。良くんの個人情報。ごめんね」

「別に隠してないからいいけど」

「こうなるからカウンセリング室が別に必要って何度も掛け合ってるんだけどねえ」新井が溜め息をつく。「チャールズくん。そういうわけだから科学部に入りなさい」

「僕には文芸部が……」

と応じた時、勢いよく保健室の引き戸が開いた。

「ひぃっ！」

「おっ、いたなチャールズ」金髪と白衣の裾をなびかせて現れたのは、他でもない木暮珠理だった。「おもしれーの出たからお前もちょっと来い」

「なんで、僕関係ない」

「まあそう言うなって。見れば気も変わるから」珠理の手が良の襟首を摑んだ。

「助けて……」

「私帰ろっかな」と瀬梨荷。

「チャールズくん、科学部に入りなさい……」と新井。

珠理は頷いて言った。「観念しろって。置かれた場所で咲こうぜ、な？」

「花と違って人には足がついているんですけど」

「そういうんじゃねえんだよ、お前それ言うならタンポポは綿毛《わたげ》を飛ばすだろ」

「確かに」

「ほら行くぞ！」

「ひいぃ……」

結局珠理に引きずられる良。手を振る新井に我関せずの笑顔を浮かべる瀬梨荷。誰も助けてくれなかった。そして廊下まで連れ出されながらも、良は扉の端を掴んで抵抗を試みる。すると瀬梨荷が手を伸ばし、指先が良の手の甲を擽《くすぐ》った。思わず離してしまい、勝敗が決した。

その瀬梨荷は、保健室の方を振り返って言った。

「一応奈々ちゃん先生にアドバイス。言い訳がましくない素直な女性の方が男の人にモテるよ」

「余計なお世話！」新井の叫びは廊下まで響いていた。

バスが来るまで半端に時間があるのがよくなかった。保健室で話し込んでしまったために、いつも話し相手になってくれる同級生たちはみな帰宅していた。暖簾《のれん》に腕押しの問答の末に、良は三階の特別教室が並ぶフロアにある化学室に連れ込まれていた。

先客がいた。

赤みがかった茶色に染めた短髪の男子生徒だった。制服の上から、自動車メーカーのロゴが入ったブルーグレーのトラックジャケットを、袖を通さずに羽織っている。

「おかえり珠理ちゃん。と、初めまして転校生」その男子生徒が言った。「C組の赤木康平。よろしく」

「このカスも一応科学部員な。幽霊だけど」と珠理。「つーか瀬梨荷のやつ当たり前のように帰りやがったな。あいつも一応部員なのに」

「えー、瀬梨荷来ねえのかよ」

「お前ほんと瀬梨荷好きだよな……」

「カッコいいじゃん。RX-7には負けるけど」

噛み合っているのかいないのかわからない会話に首を傾げつつ良も自己紹介する。「どうも。F組の安井良です。科学部員じゃないです」

「嫌われてんじゃん」と康平。

うっせ、と珠理は応じた。「それより本題だ本題。悪いけどもう一回説明してやって」

オッケー、と言って、康平は実験台の上に置かれていたものを良の方へ押し出した。

『筒井くんへ』と書かれた封筒だった。裏面に返すとハート形のシールで封がされており、シールには何度か貼り直した跡がある。

目で促され、開けてみる。淡いピンクの便箋が二枚、折り畳まれて入っていた。開くと、隅にマグカップとレトロなカメラのイラストが入った、可愛らしいデザインのものだった。妹からの手紙に、一〇〇均で買ったのだろうこの手の便箋がよく使われていることを良は思い出した。

だが、二枚とも、何も書かれていなかった。

「これさ、今朝筒井駿太っていう俺と同じクラスの友達の下駄箱に入ってたらしいんだわ」

「嫌がらせとか？」

「どんなだよ」と珠理。

「いや、ほら、暗くて友達が少ないオタクの下駄箱にこういうの入れといて、期待してドキドキしているところを陰から見て笑うとか……」

「何、前の学校でやられたことあんの？」

「男子校だったからそういうのそもそも成り立たなかった」

「……なんか、ごめん」

「いじめならＬＩＮＥとかでやればいいじゃん。大体駿太はあんまそういう感じじゃないし」

と康平。「で、気味悪いから科学部で調べてくれって、俺に」

「なんで科学部」

「この前図書室の地縛霊ボコったからじゃね。珠理ちゃんと、良くんが」

「ボコってないし地縛霊でもないけど……」と良は応じた。「そもそも僕は何もしてないし」

康平が発した『良くん』の前には一瞬の間があった。前の学校でもその前も、もっぱら苗字の安井を呼び捨てかそのもじりで呼ばれていた良にとっては、背筋がむず痒くなる呼び方だった。だが、チャールズよりは一〇〇倍快適だった。

「でも、白紙の手紙って、なんか……」

「珠理さん何か知ってるの？　あ、もしかして鉛筆で筆跡を炙り出すアレとか？」

「んなわけねーだろ」珠理は手紙を指差した。「筒井があたしのところにそれを持ち込んだのは、正解だな。それたぶん示温インクだぜ」

「しお……何それ」と良が応じた時だった。

開けたままだった化学室の扉で物音がした。顧問の吉田計彦が、携えていたファイルの類《たぐ》いを取り落としていた。

「三人もいる……生徒が、三人も……」

「いちゃ悪いのかよ」と珠理。

「何が悪いものですか。みなさんもサイエンスの魅力に気づいてくれたんですね。泣けてきました……」吉田は眼鏡を取って着古した白衣の袖で目を拭っている。違いますけど、と言ってしまうのも申し訳なく、良は康平と顔を見合わせた。

「そんなことよりヨッシー、試薬用の冷凍庫使っていい？」珠理は黒板の横にある、化学準備室に繋がる扉を指差した。

吉田は眼鏡を掛け直す。「用途は？」

「それ。チャールズが持ってるやつ」珠理は黒板前の定位置に収まった吉田と実験台の良、康平を交互に見て言った。「たぶん、書き損じが怖い中身だけ、消せるボールペンで書いたんじゃね？　あれって、インクの色素が六〇℃以上になると無色になるから、消しゴムとかの摩擦熱で消せるんだよ。最近春にしちゃ暑かったし、手紙が下駄箱の中で保管されてるうちに六〇℃以上になって消えちゃったんじゃねーのかな」

「冷凍庫は？」と康平が口を挟む。

「マイナス二〇℃以下になると消えたのが元に戻るんだよ。家庭用の冷凍庫でもいけるけど、あれ大体マイナス二〇℃だし、試薬用のやつだと確かもっと冷えたはず……」

「そこにあるのはマイナス二八℃のモデルですよ」吉田は親指で背後の黒板の向こう側にある準備室を指差した。「以前過酸化水素水保管のためにとだまくらかして導入しました。明らかにオーバースペックなんですけどね……」

「使っていい？」

「構いませんが、紙ですよね。密閉できるポリ袋に入れることをおすすめします。結露するといけませんから」

「オッケー。それと、サーモインクってある？」

「ありますが……用途は？　無色になるものではないですよ。対流も見られてあれはあれでいいものですが」

「こいつらに見せてやろうと思って」

「それは……素晴らしい！」吉田は教師用の実験台を掌《て》で叩いた。「ですがどうせなら、身近な物質で実験してはいかがでしょう」

「身近な……」と応じ、ややあってから珠理は手を叩いた。「おい康平。お前原チャ通学だったよな」

「何、パシリ？　勘弁してよ……」と応じつつも、康平は通学鞄から財布とキーを取り出した。

「いいから行ってこい」珠理は出入口の方を指差して言った。「スーパーで片栗粉、ドラッグストアでうがい薬、ヨウ素入ってるやつな！」

原付バイクの爽やかとはいえない音が生徒用駐輪場から遠ざかってから三〇分ほど。手紙をよく調理に使うチャックつきのポリ袋に入れ、薬品臭の漂う化学準備室に置かれた鍵付きの冷凍庫に放り込む。そして良が最初に乗るはずだったバスから二本後の便まで乗り過ごすことが確定した頃に、買い物袋を携えた康平が化学室へ戻ってきた。袋の中身は指示通りの片栗粉にうがい薬、そして焼きそばパンとメロンパンだった。

白衣姿の珠理は手早く髪を括るとさっそく片栗粉の封を開け、使い捨てのスプーンで少量取って試験管に入れ、半分くらいまで水を注いだ。

一方、康平は焼きそばパンを食べようとして、「実験室内での飲食は控えてくださいね」と吉田に釘を刺されていた。

「良くんあげるよ。お近づきの印に」とメロンパンを手渡される。そう言われると断れなかった。

「よーし、見とけよ」と珠理。保護眼鏡を装着した彼女の手元では、ガスバーナーが青い炎を燃やしていた。

珠理は木製の洗濯ばさみに持ち手がついたような道具を使って試験管を持ち、炎の中を潜らせるようにして少しだけ温める。軽く振ると、料理に使うような白く濁った状態からやや透明に近づいている。

「じゃあこの一様に分散したデンプン液に、ヨウ素ヨウ化カリウム水溶液を入れると……」

「青紫色になるやつだろ」と康平。良はというと、授業で習ったような気がするが、記憶が曖昧だった。

果たして茶褐色のうがい薬を数滴垂らして試験管を振ると、瞬《また》く間に試験管の中が青紫色に染まる。

「ヨウ素デンプン反応。小学校でも『デンプン液にヨウ素を入れると青紫色になります』って習うよな。でもこの反応、正確には『冷時』が入る。温めたらどうなるかというと……」

珠理は試験管を振り混ぜながら、炎の中を繰り返し潜らせる。「炎の中で止めないで。突沸に気をつけてくださいね」と吉田が言い、「わかってますって」と珠理が珍しく敬語で応じる。

液の変化にめざとく気づいた康平が「薄くなってる」と言った。

目はバーナーの炎に向けたまま頷く珠理。そして何度目かで、反対側が見通せないほど深い青紫だったものが、若干の褐色を帯びた透明になってしまった。

「この通り。ヨウ素デンプン反応による呈色は、六〇℃以上では発生しないんだ。で、これを冷ますと……」

珠理は実験台に備えつけられた流し台の蛇口を捻《ひね》り、流水を試験管に当てて冷ます。すると、透明だった液が青紫色に戻った。

また炎で温めると、液は透明に、流水で冷ますと青紫色に戻る。

「この通り。つまり、このヨウ素ヨウ化カリウムとデンプンの液は、六〇℃以上と以下を示す示温インクなんだよ」

実験台の丸椅子に座った康平が「すげー」と声を上げた。

「珠理ちゃん、これなんでこんなんになるの?」

珠理は試験管を試験管立てに置き、ガスバーナーの火を消し、保護眼鏡を取った。続いて大判のノートを開いて、白衣の胸ポケットからボールペンを取り出した。

そして珠理は、潰れた六角形に手脚が生えたようなものをノートに描き、OやHを書き足した。

「α-グルコース。デンプンはこの1位と4位、この六角形の端と端な。または6位、にょきっと生えたところのOHが縮合して無数に繋がってできてる高分子だ」

「α-1,4グリコシド結合といいます」吉田が教卓から言った。「私たちの唾液の中に含まれるアミラーゼはこの結合を選択的に切断することでデンプンをエネルギー源にするんですね」

「βもあるんですか」と良。

「一番右のOHが上下逆のものがβ-グルコースで、これが多数縮合したものがセルロースです。葉っぱとかですね。人間はこれを消化できませんが、水を含んで膨潤《ぼうじゅん》する性質があるので便通がよくなります。要するに食物繊維です」

「じゃあ草食性の動物ってどうやって消化してるんですか?」

「種により差はありますが、たとえば牛はセルロースを分解するセルラーゼという酵素を分泌する細菌によって草をエネルギーに変えています。この細菌が嫌気性、空気に乏しいところを好むから牛の胃はいくつもあるんですよ。奥の方だと口から遠いので嫌気性細菌に有利でしょう?」

へえ、と良は応じた。テレビの雑学かクイズの番組で聞いたことがあるような気もする。

「話を戻すぞ。デンプンのうち1位と4位で真っ直ぐ縮合してる部分は、らせん構造を取る。OH、水酸基《ヒドロキシ》がたくさんあるだろ?　このOとH間の結合で電子の偏りが生じて若干のプラスマイナスが発生して……」珠理はノートに大きくばねのようなものを描く。「無数のグルコース同士でいい感じに引き寄せたり反発したりすることで、この形でエネルギー的に安定するんだ。らせん一巻きが大体グルコース六個だ」

「自然の神秘だねえ」と康平が言った。

「プラスマイナスってなんでそんな」良はまたうっかり口を挟んでしまう。

「いいねえ、チャールズ。大分染まってきたじゃん」珠理は満足げな笑みを浮かべた。「その答えはあそこに書いてある」

珠理が指差したのは、部屋の壁に模造紙大で張り出された、元素周期表だった。

「語呂合わせで覚えたなあ」康平は遠い目になる。

珠理は周期表の横に立つ。「これ、右に行けば行くほど原子核に含まれる陽子の数が多いんだ。で、下に行けば行くほど電子殻が外に広がっていく。結合ってのは電子の共有で、一番外の電子殻がきりのいい数になるように電子をシェアすることで作られる。つまり、右上の原子は、正の電荷、電子を引きつける力の源が強く、かつ、シェアしたマイナスの電子とプラスの陽子の距離が近いってことになる。すると、ＯＨの結合なら、Ｏの方に電子が引きつけられる。この尺度を電気陰性度っていって、周期表にちっさく書いてあったりする」

Ｏの下にある細かい数字の一つを珠理は指差した。そして説明は終わりとばかりに実験台に戻ってきた。

「珠理ちゃん本当にこういうの強いよね」と康平。

「お前も理系クラスだろ」

「そうだけど、得意不得意はあるじゃん」

「まあ、向き不向きはあるよな。あたしも物理はあんま好きじゃないし。特に力学が」珠理は実験台の丸椅子に座ってボールペンを取る。「らせん形になるまではいいとするぞ。じゃあ、水中でヨウ素がここにあるとどうなるかというと、こうだ。らせんの内側に取り込まれるんだよ」

珠理は丸が二つ並んだような図形をばねの内側に描き、それぞれの丸の中心にＩと書き入れた。壁の元素周期表を見ると、右の方の中程にＩ、ヨウ素の欄があった。

また吉田が教卓から補足する。「無数のＯＨの電気陰性度で作られた目に見えない網に、I_2の大きさのものがちょうどすっぽり収まるんです。普段、ヨウ素は水中で自然光を浴びるとうがい薬のように茶褐色になりますが、デンプンのらせんでフィルターされることで青紫色を返すようになります。これがヨウ素デンプン反応の原理です。ところでチャールズくん」

自分のもう一つの名前になってしまったものを呼ばれ、良は「はい」と返事をした。

「聞き覚えがあるんじゃないかな」と吉田は言った。「この、大きな分子に小さな分子が取り込まれる現象のこと」

聞き覚え、と言われてもピンと来ない。ただ、ノートに描かれた、らせんの中に取り込まれた分子の様子を見ていると、記憶のどこかが刺激された。

金属音が鳴った。顔を上げると、珠理が左手首を振っていた。クラウンエーテル形のブレスレットが音の源だった。それでようやく思い出した。

「超分子化学、ですか」

「そうそう。これもチャールズ・ペダーセンの成果の延長線上にある話なんだよ」得意気に言って、また珠理はペンを取る。「じゃあ最後。なぜ青紫色が消えるのか。それは、温度が上がって分子が持つ運動エネルギーが増える、言い換えると、メッチャ動くようになると、らせんを維持しているグルコース、というか、OH同士の相互作用より動きの方が強くなって、らせんが解けるんだ。するとヨウ素も外に出て行っちゃって、青紫にもならなくなるってわけ」

吉田が続けた。「解けると、デンプンのヒドロキシはデンプンの分子内構造の代わりに外にある水と相互作用して膨潤します。これが片栗粉で料理にとろみがつく原理ですね。この時は1，6の枝分かれの程度やデンプン分子の大きさも効いてきまして、片栗粉の具合がとろみをつけるのに最適なんだそうです。……ところで木暮さん、そろそろお手紙の方がいい具合に冷えたのでは？」

珠理が立ち上がって化学準備室に入り、しばらくしてチャックつきポリ袋を手に戻ってくる。

職員室に用事があるという吉田が試薬用冷凍庫の鍵を受け取ると席を外し、化学室には珠理、康平、良の三人が残される。

「出てるぞ。やっぱり消せるボールペンだよ」

「なんて書いてある?」と康平。

「まあまあ、焦るな」珠理は実験台まで戻り、袋を開けて中の便箋をテーブルに置いた。先程までは白紙だった紙面に、黒いペンで書かれた文章が現れていた。「消せるボールペンに使われてるインクの染料は一度六〇℃で消したらマイナス二〇℃になるまで戻らない。だからこういう運用ができる。よくできてるよな」

「どれどれ……」康平が便箋を覗き込む。

「ふむ」と珠理。

「これって……」と良。

それはまさに、ラブレターそのものだった。

『筒井くんへ
驚かせてしまってごめんなさい。直接伝えると困ってしまうと思って手紙にしました。
筒井くんはいつもクラスの中心にいて、みんなを笑わせていますよね。でも、私みたいな教室の隅っこにいる人にも気を配ってくれる人だと、私は知っています。
去年の文化祭を覚えていますか? クラスTシャツに名前を入れることになって、何人かの名前を省く流れになりかけたとき、全員の名前を入れようと声を上げてくれたのが筒井くんでした。筒井くんがいなければ、きっと私の名前はTシャツに入らなかったと思います。

一方的な気持ちなのはわかっています。でもその時から、私にとってずっと筒井くんは特別な存在です。あなたの笑顔が私の宝物です。

筒井くんのことが好きです。付き合ってください。

返事は急ぎません。迷惑じゃない時に答えを聞かせてください。

中島可奈《なかじまかな》』

「やっぱり筒井宛てか」珠理は腕組みをして頷く。「いいやつっぽいじゃん。筒井って二人も三人もいないよな」

「筒井駿太だけだね」と康平。「中島さんってのも俺と同じ2-Cの子だよ。確か写真部だったかな。たまに教室にデカいカメラ持ち込んでる」

「……クラスTシャツ」

「どうしたチャールズ」

怪訝《けげん》な顔の珠理と康平に目線を向けられ、良は躊躇《ためら》いつつも続けた。「いや、文化祭のクラスTシャツって、実在してたんだって思って。すごい……」

「良くんどこに感動してんの」

「文化祭とか体育祭とか結構作らね？　うちだと三年の特進以外は大体作ってるな」

「なかった。そんなものは、なかった。文化祭なんて受験予定の小学生と父兄しか来ないし、そもそも体育祭はないし、やっぱり、みんなで同じ物着て盛り上がろうみたいなノリって、男子だけだと発生しないんだと思う。素晴らしい文化。すごい……」

「康平」珠理は乾いた笑みだった。「ちょっと変わったやつだけど、仲良くしてやってくれよ」

康平も苦笑いする。「クラスTシャツでこんなに感動してるやつ初めて見たんだけど。なんか可哀想になってきた……」

「やっぱり中高一貫進学校の男子校は青春の敵だった……？」

「チャールズ！」

「はい！」

「お前の感動を蔑《ないがし》ろにするつもりはないけど、一旦置いとけ」珠理は実験が終わったのに着たままだった白衣を脱ぎ、括っていた髪を解いた。「この手紙、どうする？」

「筒井くんに渡せばいいんじゃないの？」と良。

すぐに康平が言った。「その前に中島さんに確認した方がよくね？　仕方ないとはいえ、中身見ちゃったわけだし」

「確かに」

「その前に……」と言ったのは、いつの間にか黒板前の定位置に戻っていた吉田だった。「下駄箱の温度は確認しなくても？」

「言われてみればそうですね」珠理がまた敬語になって言った。「下駄箱の温度が六〇℃になったってのはあたしの推測だし」

「隣の物理室に温湿度ロガーがあったはずです。明日僕から話を通して、借りるようにしましょう。タバコの箱くらいの大きさですから下駄箱にも十分入ります」

「でも、消しゴムとかでせっせと消したような皺とかないよなあ」珠理は二枚一組の手紙をしげしげと眺めている。「やっぱ温まって消えたんじゃね？　てか冷やしてももう一枚は完全に白紙なんだけど」

「手紙が一枚で終わる時は一枚白紙を挟むのがマナーだから」と良。

「なんでそんなこと知ってんの」

「妹と手紙のやり取りしてて……」

「お前そんなことしてんのか。文系極まってんな」

「珠理さん文系のイメージおかしくない……？」

「温度を測ること、筒井には俺から話通せばいい？」と康平。珠理が頷くと、康平はさらに続けた。「手紙の件はどうする？　あいつには伝える？」

「復元に成功したことだけにしとこう。中身については伏せておいて、中島に確認してからだ」

「了解。中島さんの方にも俺から言っとこうか？　あんま普段話さないけど」

「同じクラスなんだよね？」良は横から言った。「赤木くんだと、よっぽど気をつけないと手紙の主は中島さんだってバレちゃうんじゃ」

珠理が頷いた。「それもそうだな。筒井に差出人に確認取るねって言って中島を教室の外に呼び出すとかしたら即バレじゃん」

ばつが悪そうに康平は笑う。「さすがにそこまでヘマはしないって……」

「写真部の部室ってどこ？　今から行けば活動してるかも」

良の思いつきに康平が応じた。「あそこ確か普段は各自勝手に撮って、週に一回PC室に集まる形式だったと思う。何曜日だったたっけな……」

「明日あたしとチャールズでC組行って話しとく。その時できれば手紙を書くのに使ったペンを確認しとくよ」

「え、僕も?」

「話が話だし、あたし一人で行って変な勘違いされたくないし」

「変なって……」

「あーもう、お前がそのへんのデリカシーがゼロだってことはよくわかったよ」

「駿太から返事あった」康平はスマホを持った手を挙げた。「温度測るやつ仕込んでもオッケーだって」

「……段取りはまとまりましたかね」教師用実験台の吉田が言った。彼の前には、青色で何か文字とイラストが描かれたマグカップと水筒があった。「木暮さん。折角ですのでこれも科学部の調査研究プロジェクトとしましょう。通し番号34です」

「わかったけど……ヨッシーそれ何?」

「いえ、示温顔料の社会実装例をお見せしようと思いまして。ヨウ素デンプン反応のように身近なものでも示温インクを作ることは可能ですが、温度による変色の適用範囲は消せるボールペンだけではありません」

吉田はそう言うと、水筒の中身をマグカップに注いだ。いつも仄《ほの》かに薬品臭がする化学室に、コーヒーの香りが広がった。

そして、青色だったマグカップのイラストが、ピンク色に変わった。

「これはサーモクロミックのエンタメ用途ですが、加熱されている機械に素手で触れないことを促すシールですとか、熱中症への注意を促すとか、逆に冷たいものを入れると変色するとか。様々な形で私たちの生活に関わっているものなのですよ」

「それはわかったけど、ヨッシーさ」康平が水筒をじっと見て言った。「自分はいいのかよ。飲食」

「僕はいいんですよ。危険を十分予知できますから」吉田はコーヒーを啜《すす》った。「みなさんは駄目ですよ」

翌日から調査が開始された。温湿度ロガーとはなるほどタバコの箱くらいの大きさであり、PCに繋いで置いた環境の温度・湿度の記録を読み出せるものだった。筒井が手紙に気づいた日とその前日に似通った、あるいはより高い気温で二四時間のデータが得られるまで仕込んでおくことにする。

だが、二年の下駄箱の右から三番目、下から四番目である筒井の場所を目の前にした康平は、腕組みをして言った。

「ここ、直射日光そんなに当たらないよな。最初珠理ちゃんが温度が上がったって言った時は、日向に停めてたクルマの中が蒸し風呂になる話とかもあるし、ありそうだなって思ったんだけど」

測ればわかるよ、と良は応じた。

一方、中島可奈への聞き取りの方は、大いに難航した。

最初は、昼休みに廊下で珠理と待ち合わせて、C組へ向かった。良はまず様子を窺《うかが》おうとしたが、珠理はいつもの、良にとっては覚えのある調子で、C組の教室へ突入して大声で中島可奈を呼び出そうとしていた。

慌てて引き留め、筒井が科学部に調査を依頼していること、金髪ギャルの木暮珠理は科学部と誰もが知っていること、その金髪ギャルが中島可奈を探していることがC組で話題になったら筒井に知られて差出人を悟られてしまうこと、そして金髪ギャルは何をしていても目立つことを滔々《とうとう》と説明して、ようやく思い留まらせることができた。

「珠理さんも大概デリカシーなくない？」

「あたしはそういうの馬鹿馬鹿しいと思うから、わざと無視してるだけだ。大体、告るなら直接言えばいいだろ。気に入らねえ」

「それはそうでもないんじゃ。面と向かってでは伝えられない気持ちとか、密かに秘めた恋心を手紙に書くとか、そういうのが青春とか、恋ってものなんだよ、きっと……」

「お前の中にデカすぎる期待っつーか、幻想みたいなものがあるってことはわかった」

「ところで、告るって日本語って素晴らしくない？　想像上の言葉にネイティブスピーカーがいることに感動しちゃうっていうか……」

「徐々にお前の本性が見えてきてあたしは嬉しいよ……」

本性って、と聞き返すと、予鈴のチャイムが鳴った。

そして放課後、下校時を狙おうと珠理と示し合わせていたが、今度はタイミング悪く支倉佳織に呼び止められてしまった。

「安井くん。今日文芸部の活動があるんだけど、一緒にどうかな」合わせた両手の指先を絡め、遠慮がちな上目遣いで佳織は言った。「私たち、以前は図書室の中にある談話室で活動してたでしょ？　来月から使えるようになるって先生も言ってたし、そろそろ空き教室での活動も最後なんだけど、みんな安井くんに感謝してて」

「僕に？」と応じながら、「じゃあな安井」などと言いつつ帰路に就く同級生たちに手を挙げて応じる。

「うん。木暮さんと一緒に、呪いの謎を解いてくれたでしょ。安井くんが同じクラスだってみんなに言ったら、お礼が言いたいから絶対連れてこいってうるさくって。迷惑かもしれないけど……」

「迷惑なんて、そんな」

「じゃあ今日、どうかな?」ポニーテールを揺らして佳織が一歩近づく。眼鏡越しの目線が良を真っ直ぐに見ていた。「しつこく誘っちゃってごめんね。今日だけでもいいから、来てくれたら嬉しい」

「それは、あの、色々な不可抗力っていうか、逆らうのが難しい色々が。それに……」

「それに?」と問い返され、答えに窮した。

文芸部、あるいは支倉佳織のためを思って行動したのは、むしろ珠理の方だ。感謝されるべきは珠理だった。だが、珠理本人は、あまり感謝など望んでいないように見える。お礼を言いたいそうだから文芸部の活動部屋に、などと言った途端に臍《へそ》を曲げる金髪ギャルの姿が目に浮かんだ。しかし同時に、彼女を差し置いて礼を言われるわけにはいかない。

「やっぱり嫌だった? 文芸部」佳織の表情に影が差した。

「いや、そういうわけじゃ……」

嫌なわけがない。むしろ入るなら文芸部だ。そう伝えようとした時だった。

不吉な足音が聞こえ、教室の扉が勢いよく開け放たれた。怒気を剝き出しにして教室に入ってきたのは、木暮珠理だった。

「ひぃっ!」

「おいチャールズ! お前何のんびりしてんだよ!」

「いや、その、これには理由が」

「いいから来い!」

また襟首を摑んで引きずられ、佳織との話はそこで中断になってしまった。しかし、中島可奈はその時には既に帰宅してしまっており、話を聞くことは叶わなかった。

思わぬ収穫があったのは、翌日だった。

筒井が手紙を発見した日の最高気温は二四℃で晴れ。温湿度ロガーを仕込んだ日も二四℃で、同じく晴れ。運良く、ロガーを仕込んで一日で、理想的なデータを取れる天候が巡ってきたのだ。

朝にロガーを回収し、職員室で欠伸していた吉田計彦教諭に預ける。そして放課後、化学室に集まった珠理、康平、良、そして今日は気まぐれに姿を見せた瀬梨荷を前に、吉田は厄介な結果を告げた。

「摂氏六〇度に達してません」と吉田は言った。

天井に据えつけられたプロジェクターと吉田のＰＣが接続され、黒板に下ろされたロールスクリーンに測定結果が表示されていた。ロガーが収集した一〇分ごとの温度・湿度を表計算ソフトでグラフにしたものだった。

「ご覧の通り、最高でも四五℃です。これでは消せるボールペンで書かれた文字も消えそうにありませんね」

「じゃあ、下駄箱に入れた時点でもう消えてたってこと?」珠理は険しい表情だった。「鞄の中が六〇℃以上になってたとか……」

「それは違うでしょ、珠理ちゃん」と康平。「だったらあのペンでノート取ったら消えるってことじゃん。日常生活で紙が六〇℃になることってそうそうないから、みんな便利に使ってるんじゃない?」

「職員室での失敗談ですが、電子レンジで温めたお弁当をうっかり生徒が記入したプリントの上に置いたら文字が消えてしまった、それを白紙で提出するなんてけしからんと叱責してしまった、という話があります。今の教頭先生なんですけどね。うちの学校のプリント類、消せるボールペンは使用しないことって書いてあるでしょう。その一件のせいです」

「ヨッシーそんな悪口言っていいの?」と瀬梨荷がからかう。

しかし吉田はどこ吹く風で、「当時僕が指摘したので、問題ありません」と応じる。

「可能性は二通りあるよね」良は言った。「一つは、過失による事故。もう一つは、誰かが故意に消した」

「直射日光が当たったコンクリの上に置くとか、ドライヤー当てるとかすれば、消えるかもしれないけど……」珠理は腕組みをする。「でも大事な手紙だろ? うっかり放置とかドライヤー当てるとかしねえよな、普通に考えて」

「ホットの飲み物買うような季節でもないしね」康平が同意する。

「生徒が書いたプリントよりは遙かに大事でしょうしね」と吉田。現教頭に何か含みがあるようだが、触れない方がいいと全員が暗黙のうちに一致していた。

じゃあ、と良は言った。「誰かが故意にやった可能性の方が高いってことになるけど」

「筒井くんってモテるよね。私のクラスにもカッコいいって言ってる子いるし」実験台に半ば突っ伏しながら瀬梨荷が言った。「案外筒井くんに新しい彼女ができるのを邪魔したい筒井親衛隊がやったのかも」

「聞いたことねーぞ」と珠理。

「今考えたし」

親衛隊の可能性は排除した方がよさそうだった。ならば、話題の両者に一番近しい、同じクラスの人物に見解を求める方がいい。

「赤木くん、誰か心当たりないの?」良はぼんやりしている康平に訊いた。

「ないっつーか、トヨタセリカが言う線なら逆にありすぎるっつーか……」康平は首を捻っている。

「私、林なんだけど……」瀬梨荷は苦笑いになる。「どーでもいいけど、筒井くんってどんな子がタイプなの? 前カノ知ってる?」

「五人知ってる」と康平。どんな子、と瀬梨荷にさらに問われ、少し間があってから康平は応じた。「わかりやすい美人かな。珠理ちゃんみたいな」

「硫酸で根性焼きすんぞてめー」いつもより低い声で珠理は即座に応じた。

するとこれも即座に吉田が言った。「白衣に袖を通す者は冗談でもそんなことを口にしてはいけませんよ、木暮さん」

「はい、すみません……」途端に珠理は青菜に塩になる。

その珠理をしばし見つめてから康平は言った。「まあ、なんか、俺から見ると、駿太って周りに自慢できるかどうかで女の子を品定めするタイプなんだよ。だから似たタイプの女の子と付き合って、そんですぐ別れる」

「女の子の方も、自慢できるかどうかで彼氏を選ぶタイプってこと？　康ちゃん的には」瀬梨荷は眉を寄せる。

「俺的には、だよ」康平は窓の向こうに目線を逸らした。「それに、瀬梨荷もそういう女子のこと嫌いでしょ」

そうだけど、と瀬梨荷は応じる。

ほとんど一人で科学部を取り仕切る木暮珠理と、幽霊部員の林瀬梨荷と、もう一人の幽霊部員である赤木康平。この三人が一体どんな関係なのか、新参者で珠理に目をつけられたモルモットに過ぎない良にはわからなかった。

すると、良が向けていた目線に気づいた瀬梨荷が身体を起こして言った。

「良くんは違うもんね？」

「なんで僕に振るんですか！　いや、それは、今はよくて、赤木くん！」何、と応じる康平に良は続けて言った。「中島可奈さんって、当てはまりそう？」

「駿太の好みかってこと？」と康平。良が頷くと、「ないな」と断じた。「サブカル女子っぽい感じだし。ショートボブの、こう、きゅるんとした」

「良くん好きそうだね」と瀬梨荷。

「だからなんで僕に……」

「まず中島に確認してみるか」半ば独り言のように珠理が言った。「ラブレターを送ることを事前に知ってた人間がいたかどうかだな。知ってないと、筒井が受け取る前に細工できない」

「そういうのって一人でやるんじゃないの？　人に知られたら恥ずかしいんじゃゃ」

「チャールズさあ……まあいいや。あのな、女子同士だと結構、封筒どうしよう便箋どうしよう文面どうしようって話するもんなんだよ」

「牽制《けんせい》だよね」と瀬梨荷が言った。「私は彼に手紙で告るから、お前らは手を出したら『裏切り』だからねって牽制」

「準備してる間にグループの誰かが逆に告白されたりするんだよな」

「あるある。それ以前の、ちょっと二人で話してただけでも色目使ったとかでハブにしたり」

「怖っ。俺ら男でよかったね……」と康平は言った。「良くん？」

「あ、ごめん」良は我に返った。「またかよ。「なんか、すごい青春だなって感動しちゃって……」

珠理は呆れ顔だった。せいぜい中学生までだぞ、こういうの」

「その中島さんだけど」頬杖をついた瀬梨荷が言った。「放課後いっつもグラウンドで写真撮ってるところ見るよ？　おあつらえ向きに一人で」


　前崎中央高等学校は、敷地が校舎と渡り廊下で大きく三つに分かれている。正門から入ると右手に体育館兼講堂、正面から左手にかけて、誰も名前を知らない偉人の銅像が中央に置かれた広場を挟んで校舎が見える。校舎はL字形をしており、長い方が正門に面し、裏側に短い方が延びている。Lと、Lの曲がり角から斜めに延びた体育館への渡り廊下で、敷地が三分割されているのだ。

Lの内側の空間は倉庫や職員用駐車場になっている。そして三分割されたうち、正門前広場でも職員用駐車場でもない空間がグラウンドになっており、体育館と接するあたりに運動部の部室が集まった部活棟がある。

中島可奈の姿は、グラウンドに面した校舎寄りの木陰にあった。ちょうど彼女の前に数人の陸上部の女子生徒が集まっており、彼女たちが思い思いのポーズを決めた姿を可奈が撮影していた。運動部の生徒たちとの関係は良好なようだった。

物陰から様子を窺いつつ、陸上部が練習に戻っていくのを見計らって珠理が言った。

「よし。あたしとチャールズで行く。瀬梨荷と康平は待機」

良は康平と顔を見合わせてから言った。

「瀬梨荷さん、帰ったけど……」

「は⁉　あいつマジなんなんだよ！」

「頑張ってねって言ってた」

「引き留めろよバカ、文系！」

「理系の選民思想、排外主義、民主主義の敵……」

「まあまあ。みんなで行こうよ」康平は先に立って歩き出す。

野球部が練習しているグラウンドの方に一眼レフを向け、シャッターを切り続ける中島可奈。

康平が「中島さん」と声をかけるまで、彼女は良たち三人が近づいていたことに気づきもしなかった。

「赤木くん?」と応じて可奈はカメラを下ろした。つややしたボブカットの髪が木漏れ日を受けて輝いていた。制服を着崩す珠理や康平とは違い、可奈はボタンを一番上まで留めて、上着の前も留めて着ていた。

簡単に自己紹介を交わす。珠理とは互いに顔は知っているが、話したことはない程度の間柄のようだった。上背のある珠理と向かい合うと可奈は上を向く形になり、首から提げたカメラが重そうだった。

良とはもちろん初対面。だが彼女も、〈図書室の忌書〉事件については聞き知っているようだった。

本題を切り出したのは康平だった。

「中島さん。実は、中島さんが筒井駿太の下駄箱に入れた、手紙のことなんだけど」

明らかに狼狽する可奈。だが康平がこれまでの経緯を丁寧に説明すると、可奈は次第に落ち着きを取り戻した。

「それで、科学部の木暮さんまで、わたしのところに……」

「うん。半分不可抗力だけど、見ちゃったことはごめん。中島さんが手紙を送ったこと自体を含めて、誰にも言わないから」

「あの、それで、筒井くんには……」

「復元したってことまでは言った。送り主や内容については伏せてるよ」

「よかったあ……」可奈は自分の胸を押さえてその場で膝を折って蹲《うずくま》った。「あれ？　筒井くんが読んでないなら、よくない……？　あれ？　見てない？」

まだうろたえている可奈に、良は努めてゆっくり言った。「中島さん。手紙の温度が上がるようなシチュエーションに、心当たりはある？」

「夜まで何度も書いたり消したりして、それから」照れ隠しなのか頻《しき》りに笑い、そして早口で可奈は言った。「書き損じても直せるようにって消せるペンで清書して、次の朝にすぐ入れたから、たぶん、ないと思う。ああもう、バカみたいだよね。清書なのに書き損じるのがとか考えて、もうそういう性格だからさ、わたし」

「デジタルは容量の限りいくらでも撮れるからいいよな」と珠理。「いつもグラウンドで撮ってんの？」

「うん。体育館とこっちと半々くらい」

「スポーツ写真家なんだね。全然知らなかったんだけど」と康平が言った。

可奈ははにかみがちに応じる。「そんな、写真家だなんて畏《おそ》れ多いよ。ただ、競技写真ならちょっと撮れるっていうか、親が買って使ってなかった機材があるから、それだけ。他の部員のみんなは風景とかが多いんだけど、みんな上手いし、わたしは隙間産業、狙っちゃおー、みたいな」

「うちの部活の専属カメラマンじゃん」と康平。「いいのかな。うちスポーツ系の部活はみんな弱小だけど。もったいなくね？」

「でも……みんな輝いてるから」可奈はグラウンドの方を見て言った。

康平が写真を見せてと頼み込むと、可奈は最初は遠慮がちに断り、やがて根負けしたのかスマホを取り出す。

各部活の練習風景や、部室で休憩する姿を収めた写真が並んでいた。マウンドの上で投球直前の緊張を張《みなぎ》らせた野球部のエース。歯を食いしばってハードルを跳び越える陸上部員。一方で、体育館の一角で座り込んで汗を拭い、笑い合う数人のバスケ部員たちや、両腕と頭に合わせて五つのボールを載せてバランスを取るバレー部員、籠手《こて》の臭いに顔をしかめる剣道部員のような、彼らの日常を切り取った写真も数多く並んでいた。

好きなんだろうな、と良は思う。その競技が好きじゃないとスポーツ紙のカメラマンは務まらない、と父が言っていたことを思い出した。被写体への愛ある眼差しがなければ、人の心を動かす写真は撮影できない。

だが同時に、サッカー部、特にある同じ部員の写真が多いことに、気づかずにはいられなかった。

「筒井ってこれ？」珠理はスマホの画面に並ぶ写真の一枚を指差す。「よく撮れてんじゃん。写真のことはよくわかんねーけど」

夕陽を浴びた筒井駿太が、ペットボトルに入れた水を自分の額に注いでいる様を煽《あお》り気味のアングルで捉えた一枚だった。練習の後なのか、ユニフォームではなくビブスを身に着けている。その場の熱気と、筒井しか感じていないはずの水の冷たさ、その後に彼が足元でベストショットを狙い澄ましていた中島可奈に笑いかけている情景までもが目に浮かぶような写真だった。

　写真のことはよくわからないが、いい写真に違いない。良も珠理に全く同感だった。

　だが、可奈の反応は少し奇妙だった。

「見たんじゃないの？」と彼女は言った。

「今見たけど」と珠理。

「そうじゃなくて……」

　要領を得ない両者。そこで康平が割って入った。「中島さん、ちょっと立ち入ったことを訊いてもいい？」

　いいけど、と怪訝な顔で応じる可奈。康平は珠理と良を交互に見てから言った。

「中島さん、もしかして手紙の中にこの写真を印刷して入れた？」

「うん。入れたよ。ってか見たんじゃないの？　え？　見てないの？」

　良は珠理と顔を見合わせた。

　先に口を開いたのは珠理だった。

「第三者だ。そうなるよな、チャールズ」

　良は頷く。「何者かが、中島さんが筒井くんの下駄箱に入れた手紙を、筒井くんより前に取り出して、温めるか何かして文字を消して、写真を奪って、白紙の手紙を下駄箱に戻した……

ってことになるよね」

「もう一つ立ち入ったことを訊くけど」康平が静かに言った。「手紙を送ること、誰かに話した？」

「……悠《ゆう》くん」と可奈は呟く。「E組の、山崎悠斗《やまざきゆうと》くん」

「友達？」と珠理が訊く。

「わたしの……幼馴染《おさななじ》み、かな」可奈は苦虫を嚙み潰したような顔だった。「てか白紙の手紙って怖いね。〈ヨミガミ〉みたいだし」

露骨に話を逸らされていたが、気になる言葉だった。良は「〈ヨミガミ〉って？」と訊いた。

「知らない？　あっ、安井くん転校生だもんね。下駄箱に届く白紙の手紙は黄泉《よみ》からの手紙、略して〈ヨミガミ〉。文字が見えたら呪われる、って話」

「あれかあ……」珠理は髪の根元のあたりに手櫛を通して言った。「またこの手の話になるのかよ」

悠くんこと山崎悠斗について、それ以上の追及に中島可奈は答えようとしなかった。だが、次に調べるべきがその山崎であることは明らかだった。

翌日の休み時間に、良は廊下で窓の外を眺めていた瀬梨荷を見つけて、昨日中島可奈から聞いたことを伝え、山崎悠斗のことを尋ねた。

「いるよ。うちのクラスに。山崎くんでしょ？」

そう答えた瀬梨荷に手招きされ、Ｅ組の教室に向かい、扉の陰から教室の中を窺う。瀬梨荷が指差したのは、短い休み時間でも他愛のない雑談やふざけあいに余念のないクラスメイトたちとは一線を引いたように一人で席に座ってスマホを睨《にら》んでいる、小柄で色黒な男子生徒だった。

別の男子生徒が教室を走り抜けざま、その悠斗の机に足をぶつけた。「わりーなトリテツ！」とだけ言って友達の元に駆けていく男子生徒と対照的に、悠斗はじっとその男子生徒を睨み、しかし一言も発せず、自分の机の位置を何度も直す。押しては引く。引いては押す。そしてまた、彼の注意はスマホの小さな画面に戻る。

「あんな感じ」と瀬梨荷。「自己紹介で電車の写真が好き、いわゆる撮り鉄ですって言ってて、それからみんなにトリテツって呼ばれてる」

「愛称、って感じではないよね」

だね、と瀬梨荷は頷く。「ちょっと小馬鹿にされてる感じ。私一年の時も同じクラスだったんだけど、その時からずっとあんなだったよ。一回も話したことないし」

「いじめ？」

「ってほどでもないかな。あっちもあんまり、馴染みたくない感じだし。その方がどっちもハッピーみたいな？　そういうのなんていうんだっけ」

「ｗｉｎ－ｗｉｎ？」

「それそれ。さっすが」教室に入ろうとするＥ組の生徒の目線も構わず、瀬梨荷は良の耳元に顔を寄せて言った。「良くん、私のところに来てる暇あるの？　珠理に言われてるんでしょ？」

それが問題だった。

中島可奈からの聞き取り内容から、最優先で調べるべきは山崎悠斗であることは明らかだった。だが同時に、彼女が語っていた〈ヨミガミ〉のことも無視するわけにはいかなかった。

珠理からの指示は厄介かつ明快だった。

すなわち、その手の話なら、F組の文倉佳織が詳しいから、話を聞け。お前同じクラスだろ、とのことである。可奈も詳しくは知らないようだったが、白紙の手紙、すなわち〈ヨミガミ〉とは図書室の忌書のように、友達から友達、先輩から後輩へ口伝《くでん》されてこの学校に伝わる怪談の一つのようだった。

F組の教室に戻ると、ちょうど予鈴が鳴るところだった。次の休み時間は、その次のコマで小テストが予告されていたため怪談話どころではなかった。結局昼休みになってしまい、良は文倉佳織がお弁当を取り出すのを確認して食堂へ向かった。

食事を済ませて教室に戻ると、まさに食事を終えた佳織の周りから数人の友達が離れ、話しかけるには絶好のタイミングが訪れてしまっていた。良は一瞬で、話せば必ず文芸部へ勧誘してくる文倉佳織と、理不尽な命令を下し従わなければ不機嫌を剝き出しにする木暮珠理とを天秤にかけた。

そして、良は佳織に話しかけた。

「何？　文芸部入りたい？　安井くんなら二十四時間三百六十五日いつでも大歓迎だから！」

「いや、そうじゃなくて」気圧《けお》されながらも、良は空いていた佳織の隣の席に座った。「支倉さん、怪談話って詳しい？」

「詳しいっていうか……」佳織は首を縮める。「文芸部で、文化祭の時に部誌を出すんだけどね。去年のテーマがうちの高校の怪談で、私そういうのちょっと苦手なんだけど、みんな盛り上がっちゃって結局それで作ることになって……」

珠理が彼女なら詳しいと断言した理由がわかった。佳織の所属する文芸部が作った部誌に、珠理はきちんと目を通していたのだ。思えば康平が化学室へ持ち込んだ手紙を目にした時、珠理は関係する話を何か知っているような素振りを見せていた。

珠理がこの件の調査に乗り気だったのも、そもそも無関係なはずの良を巻き込んだのも、すべては支倉佳織のためなのかもしれないと、良はふと思う。

その時、良の背中を誰かが押した。「安井くん邪魔」と言ったのは、今良が使っている席の主だった。慌てて立とうとすると、その女子生徒は「うそうそ、使っていいよ」と言って佳織と目線を交わし、教室の外へ走っていく。

溜め息をつく佳織。気を取り直して良は言った。

「じゃあ、〈ヨミガミ〉って知ってる？」

「そこ、私が書いたから……」佳織は誇らしいような思い出したくないような、曖昧な笑顔だった。

厳密には、前崎中央高校だけではなく、前崎市の複数の中学校や高校に伝わる怪談なのだという。バリエーションはいくつか存在するが、骨子《こつし》は共通している。曰く――。

「下駄箱に、真っ白な何も書かれてない手紙が届く。開いて、何も見えなければ、呪われない。でももし、書かれている内容が読めてしまったら、〈ヨミガミ〉の呪いが開けた人に降りかかる」

〈ヨミガミ〉とは黄泉からの手紙の略であり、その手紙が招き寄せる怪異の名でもある。カミに紙を当てるか、神と当てるか、あるいは噛みと当てるかの違いだ。

話すにつれ、佳織の顔はどんどん青ざめていった。

「私が調べた限りでは、その呪いの内容に何種類かあってね。事故死した女の子の呪いで交通事故に遭うとか、身体に身に覚えのない噛み痕がついて、呪いを解かないと噛み痕が段々大きくなって、最後にはヨミガミ様って怪物に噛まれて死んじゃうとか。ラブレターをぞんざいに扱われて自殺しちゃった女の子の霊に連れ去られて、黄泉の国で彼女の花婿や無二の親友にされるとか……」

良はホラージャンルの映画や小説を苦手だと思ったことはなかった。幽霊の存在も信じないが、怪談を全く信じていないわけでもない。もしかしたらそういう話もあるかもしれない、とうっすら信じている程度だ。

「あるんだね、そういう話」

「うう、もう下駄箱開けたくない。せっかく忘れてたのに」

「大丈夫だって」

「でも開けたらあるかもしれないじゃん。開けるまでわかんないのが怖いんだって。安井くんそういうのない？」

教室の扉が最近怖いことを思い出し、少し違うなと思い直す。ヨミガミ様に怖い物知らずの金髪ギャルをぶつけたら何が起こるのだろう。

ないなあ、などと応じると、佳織は「でもね」と言った。

「この怪談、結末はバリエーションがあるんだけど、入口はなぜか同じなの。だからたぶん私は安全。安井くんも」

「入口？」

「うん。下駄箱の、右から三番目、下から四番目に〈ヨミガミ〉は届くんだって」

右から三番目、下から四番目。

引っかかるものがあった。考え込む良に、佳織が「安井くん？」と言った。

良は立ち上がった。

偶発的に温度が上がってペンの文字が消えた可能性を検証するために温湿度ロガーを入れた筒井駿太の下駄箱は、右から三番目、下から四番目だった。

帰り道が一緒になった木暮珠理からは、予想通りの反応が返ってきた。

「いや、そりゃねーだろ。書かれた文字が消えること自体は、検証するまでもない周知の事実、公知だ」

「でも場所が同じなんだよ?」

「たまたまじゃね? 支倉のやつにめんどくせー入れ知恵されやがって」

「支倉さんに訊けって言ったの珠理さんでしょ……」

ラッシュの時間から一本遅れたバスだったが、それなりの数の、同じ前崎中央高校の制服を着た生徒たちが乗り合わせていた。後方にある二人掛けの席に陣取った珠理と良の他にも、前方に松川と梅森が並んで立っていた。目は合ったはずなのに、なぜか彼らは揃ってスマホを弄《いじ》っているばかりで近づいてこなかった。

「そもそも、呪いの手紙だなんだって騒ぐのがアホらしいから調べてんのに、なんで呪いだって確信してんだよお前は。それあれだろ、ミイラ取りがミイラってやつだろ」

「でも偶然にしては一致しすぎてない? 右から三番目、下から四番目だよ?」

「じゃあそのうちお前の身体に嚙み痕ができんのか。それとも何か、死人の花婿になんのか。おーおーおめでとうよかったじゃん。ご祝儀は四二七三一円にしてやる」

「示《しめす》偏が口偏になってない?」

「縁起がいいだろ。奇数だから二で割り切れない」珠理は憤然として言った。「大体お前、支倉以外にクラスに友達いねーのかよ。そんな素直に鵜呑みにしやがって」

「そんなことは」

「ほんとか?」

「本当だって」良はスマホを取り出し、松川にＬＩＮＥを飛ばした。

目線の先で、その松川が顔を上げて、良の方を見る。そして、車内の人垣を抜けて、梅森共共良の横に立った。

「どうした、安井」と松川。細長い身体がバスの揺れで今にも倒れそうだった。「通学この路線だったのか」

「うん。僕はいつもバス通。二人は？」

「俺は、こいつの付き合い」松川は隣を指差す。

指された梅森が言った。「いや、駅ビルの模型屋に品薄なやつが入荷したっぽくて、あそこ一人一限だから松川を。Nゲージあるし」

「乗りと模型の区別くらいつけろよ」

「似たようなもんだろ」

「プラモだってキャラクターモデルとミリタリーモデル、カーモデルの間には深い溝が横たわっているんだろ。それと同じだ」

「そっか。そうだな。すまん。俺が悪かった」

「わかればいい」松川は頷く。

やはり、松川と梅森の目線が妙だった。通路側に座る良ばかり見て、絶対に窓側の珠理の方を見ようとしない。

その珠理は、腕を組んで二人へ交互に視線を往復させる。見られた二人は、恐怖と緊張に血走った目で良を見る。次の停留所が近いことを知らせる車内アナウンスが流れる。

気まずい沈黙を破ったのは珠理だった。

「お前らさ、F組だっけ?」

松川も梅森も答えようとしない。代わって良が「そうだよ。僕と同じ」と応じる。

「E組の山崎悠斗って知ってる?」と珠理は続けて訊いた。

顔を見合わせる松川と梅森。埒《らち》が明かないので良はまた口を挟む。

「山崎くんって、撮り鉄なんでしょ。松川くん、仲良かったりする?」

「主義が違う」と松川は応じた。「あいつらがしていることは、スポーツだ。減点方式の採点競技だ。だから模範的な構図にこだわるし、得点を挙げるためなら周りのことなど顧《かえり》みない。迷惑撮り鉄のしていることは、フーリガンと本質的に変わらない。言い換えるなら、運動部だ。運動部は敵だ」

「運動部カッコ概念」と梅森。「まあ、口でこんなこと言ってっけど、こいつ結構山崎と仲良いぜ。俺も松川経由で山崎に頼んで、プラモの写真撮ってもらったことあるし」

「あの蛍光塗料のやつか。X字の」

「月から受信すんだよ」

「後でかなり文句を言われたぞ。プラモデルと鉄道では必要な機材が違うとか。あいつは信上《しんじょう》電鉄の特定の車両のために全力だから」

信上電鉄、とは前崎市を走る唯一の私鉄である。大半が無人駅化されており、沿線の中学生・高校生を除けば利用者はそう多くない。しかし前崎中央高校にも、前崎駅から信上電鉄に乗り継いで通学している生徒がいる。松川曰く、山崎はその一人とのことだった。

電車からプラモデル、アニメへと、松川と梅森の話は脱線していく。それをじっと聞いていた珠理が、不意に口を挟んだ。

「蛍光って、ブラックライト当てたら光んの？」

顔を見合わせる二人。今度は、良にも助け船は出せなかった。

渋々といった様子で梅森が答えた。「電飾とかもありなんですけど、一番手軽な発光表現です……でも一〇〇均のＬＥＤとかだとあんま光らなかったりで」

「可視光よりちゃんと短波の光を十分な強度で当てないと蛍光物質は励起《れいき》して長波の光を返してくれない。ライトの仕様を見ろよ」

「そ、そうします……」と梅森。

「写真か。中島も、山崎も」珠理は腕組みを解かずに言った。「チャールズ、どう思うよ」

「二人とも写真好き。しかも二人は幼馴染み。幼馴染み……なんかラブコメみたい。実在したんだね……」

「いい加減うぜーよ、その青春コンプレックス……」珠理は呆れ顔だった。「なんか見えてきたと思わねえ？」

「見えてきたって？」

「まあいいや」珠理は降車ボタンを押した。

「珠理さんまだ先じゃなかった？」

「いや、今日バイトだから」と珠理。

良は席を立って、窓際の珠理に通り道を作る。梅森と松川は、その珠理を大袈裟に避ける勢いでそのままバス前方へと移動してしまう。

珠理は二人の方を横目で見つつ言った。

「もしかしてあたし嫌われてんのか？」

「怖がってるんだよ……」苦笑いで良は応じた。「バイトって何してるの？」

「お前にだけは絶対に教えねえ」

「なんで……」

「なんでも」珠理は頑なだった。「明日、山崎をとっちめるぞ」

バスが停留所に到着し、乗客をすり抜けて珠理は降車する。そしてまたバスは駅へと走り出し、珠理の姿が遠くなった。

事件が起こったのは、翌日のことだった。


昼休み、いつものように食堂へ向かおうと席を立った良は、例によって不穏な足音を聞いた。嫌な予感がするより早く、教室の扉が勢いよく開き、学校で一番派手な金髪をした女子生徒が現れたのだ。

「チャールズ、ちょっと来い。一階のＰＣ室！」

「ＰＣ室って……確か、写真部が活動で使ってる？」

「そうそれ、とにかくすぐ！」

木暮珠理が口より先に手を出し足を進めるのはいつものことだった。だが、彼女がこうも焦りを見せるのは、常にないことだった。

ともかく珠理の後について階段を降り、突き当たりの図書室を尻目にＰＣ室へと向かう。

いつもは人気の少ないエリアに、人だかりができていた。その中心には、一足先に駆けつけていたらしき赤木康平がいて、その隣には、明らかに動揺して同じ写真部員らしき生徒たちに肩を抱かれている中島可奈の姿があった。

野次馬をかき分け、彼らの目線が向く物の前に立った。珠理が「なんじゃこりゃ」と言った。

ＰＣ室出入口の扉に、写真が一枚貼りつけられていた。

覚えがあった。一度見たら忘れられない一枚。他でもない、可奈が撮影した、夕焼けに照らされてペットボトルの水を浴びる筒井駿太の写真だった。

珠理と良に気づいた康平が近づいてきて言った。

「昼休みに写真を編集しようとした写真部の先輩が見つけたんだって」

「これって、手紙に入れてたってやつだよな」と珠理。

「なんで？　なんでこれがこんなところに……」同じ言葉を繰り返す可奈の背を、先輩らしい女子生徒が何度も撫でている。

その女子生徒が「見世物じゃないから！　ふざけんな！」と怒鳴った。

気圧されて人垣が乱れる。康平が写真を背にして立ち、「ほら帰った帰った」などと言って野次馬を散らそうとする。

　珠理が良の肩に手を置いて言った。

「好きな人の写真だよな。中島ちゃんが大事な思いを込めて撮って、筒井に贈ったはずの」

「僕にはよくわかんないけど、これ、酷《ひど》いことだよね」

「そうだよ」珠理は扉の方へ歩み寄って、テープで貼られた写真を剝がす。そしていつもよりトーンの低い声で言った。「マジで誰だよ。絶対許さねえ」

「悠くんなの？　なんで……？」と可奈。

　ふと視線を感じ、良は振り返った。

　騒ぎを遠巻きにする小柄な男子生徒がいた。彼の姿には覚えがあった。E組の教室で、机の位置を神経質に直している姿が目に焼きついていた。

「山崎くん……？」

　目線が合うと、山崎は足早にその場を後にする。

　咄嗟《とっさ》に追いかけようとする良。だが珠理が、良の腕を摑んだ。

「やられた」と珠理。「示温インクだけだと思ってた。目に見えないインクは、温度を上げた消せるボールペンに決まってるって思い込んでた。でも、それだけじゃない。むしろそれ以外の手段はいくらでもある」

　どういうこと、と問うと、珠理は手にしていた写真の一点を指差した。

　写真を傾ける。珠理が指差したところが、よく見ると、何か透明なインクのようなもので汚れている。

珠理はポケットから小さなライトを取り出し、スイッチを入れて写真を照らした。すると、写真の一部――水の冷たさに目を細める筒井駿太の顔の部分が青く光る。塗り潰されているのだ。

やっぱりな、と珠理は舌打ちする。「これ、ブラックライト。昨日の話があったから持ってきてた」

「じゃあこれって、蛍光塗料ってやつ？」

「蛍光不可視インク」珠理は頷く。「たぶんこれだけじゃない。あたしらは、冷やしたら文字が浮き出た一枚目に気を取られてた」

手紙は、一枚で終わる場合、もっと書きたい気持ちを込めて、白紙の便箋を添えるのがマナーとされている。だから何も書かれていなくても違和感を持たなかった。それが間違いだった。

眉を寄せる珠理と目を合わせて良は言った。

「もう一枚に、ブラックライトを当てなきゃ見えないインクで、何かが書かれてる」

食堂に行くどころではなかった。途中で瀬梨荷も合流し、全員で化学室へ移動する。件《くだん》の手紙は、科学部による過去の調査研究プロジェクトの資料と共に化学室の書類棚に保管されていた。

康平、瀬梨荷、そして良が見守る中、珠理が文字の浮き出た一枚目と白紙の二枚目を実験台の上に並べ、ブラックライトで照らす。

一枚目は、「筒井くん」と書かれたところがすべて塗り潰されていた。そして二枚目には、殴り書きの文字が浮き出していた。

『なんでおまえなんだ』と書かれていた。

「時系列で整理するぞ」と珠理。「まず、中島可奈が示温インクで手紙を書く。そして筒井の下駄箱に入れる。翌朝、筒井がそれに気づくより前に、何者かが手紙を取り出して開封。文字と写真を確認し、蛍光不可視インクで筒井の名と写真の顔を塗り潰し、白紙の方に『なんでおまえなんだ』と書く。それでは飽き足らずに加熱して文字を消す。そして写真を抜き取り、手紙だけを戻す。筒井が手紙を見つけ、康平に見せて、あたしらのところに持ち込まれる」

「その何者かは十中八九、山崎悠斗くんだね」良は後を継いで言った。「現場を遠巻きにしてた。哀しいことだけど、彼も中島さんのことが好きだった。でも中島さんの方はその気がなくて、ラブレターを書くことまで相談していた。中島さんの気持ちが筒井くんに向いている悔しさから、下駄箱に入れられた手紙を覗き見て……写真と文面から、気持ちが覆せないことを思い知って、写真を晒すような乱暴な行動に出た。どうかな、瀬梨荷さん」

「そんなとこじゃない？　ディテールはわかんないけど、本人たちに訊けばいいよね」瀬梨荷は気の抜けた炭酸のように言った。

「でも、なんで今日、今、山崎は写真晒しなんかしちゃったんだよ」と康平。「俺たちが調べてるってこと、山崎は知らねえはずだろ。こっそり盗み聞きされてないかは……ちょっと自信ないけど。ここのメンツ以外でこの話知ってるの、駿太と中島さんだけだろ」

「わたしが知らせたから」化学室の出入口のところに現れた女子生徒が言った。

中島可奈だった。つい先刻までPC室の前で頽《くずお》れていた彼女の声は今も震え、目は赤く腫れていた。だが確かな足取りで化学室に入り、手紙を広げていた実験台に自分のスマホを置いた。

LINEの画面だった。可奈から『筒井くんへの手紙開けたの、悠くんなの?』と、昨日の深夜に送信されていた。返信はなかったが、既読はつけられていた。

山崎は、自分の行いが露見し可奈に悟られたと知った。それで今日になって、写真を晒すような暴挙に出たのだ。

「お願いがあるの」可奈は、眉を寄せる珠理を真っ直ぐに見て言った。「悠くんとちゃんと話がしたい。木暮さん、力を貸して」


放課後にバスで駅前まで移動し、JRの駅舎から少し離れた私鉄の前崎駅へと向かう。昭和か平成の風情が色濃く残るアナログの料金表に、ひび割れの入った案内板。使われてはいないが撤去もされていない有人改札の跡を抜け、塗装が剝げた古びた車両に乗り込む。

線路は単線で、二両編成。夕方の帰宅時間帯だが利用者は少なく、座席に鞄を置いても誰も咎めない。

中核市である前崎市から、西方にあるもう一つの中核市である上谷《かみや》市を結ぶ、単一路線の私鉄、信上電鉄である。

緑が揺れる田畑の中を電車は進む。停車駅はいずれも単式か島式一面で、屋根はない。駅名表示板はペンキが剝がれて茶色の錆に蝕まれており、三駅に一駅程度の頻度で、今にも崩れそうな木造の待合所が設けられている。右手の車窓には、平野の果てである山脈が緑の壁のように聳《そび》えている。

昼休みの狼狽から立ち直った中島可奈は、座席に置いたカメラバッグに掌で触れて言った。

「悠くんとは小学生の頃からずっと同じ学校でね。親同士もそれなりに親しくて。カメラを始めたのも、最初はなんかそういう流れだった」

地域に同い年の子供はそう多くない。一緒に遊び、家族ぐるみの交流が生まれ、そして同じ趣味を持つのも自然だった。だが次第に、二人の被写体は異なっていった。可奈は人、悠斗は無機物を好むようになっていったのだ。

可奈が家族や友達を撮る時、悠斗は信上電鉄の車両を撮っていた。やがて可奈が運動部のクラスメイトたちを自分の被写体に定める頃、悠斗は無人の線路脇や草むら、時には田畑に分け入り、信上電鉄の車両が最も映《は》える構図を追求するようになった。

「中三の時だったかな。一回、悠……山崎くんに連れられて電車の写真を撮ったことがあるんだけど……正直、よくわからなかった」

「……化学と生物みたいなもんか？」と珠理。

「ロータリーとボクサー的な」と康平。

「芥川《あくたがわ》賞と直木賞」と良。

「君たちさあ」瀬梨荷は呆れ顔だった。「人を好きになるのは好きにすればいいけど、それで相手を傷つけるのは、駄目だよね」

可奈は言葉なく頷いた。

山崎悠斗との決着の場として可奈が選んだのは、彼女がいつも通学に利用するローカル線のとある駅だった。

上谷駅への中間より少し手前で、可奈に続いて全員電車を降りた。スマホのマップを見ると、線路と並行して走る国道沿いにはロードサイド型の店舗が集まっている。可奈曰く、信上電鉄沿線は二〇年ほど前に宅地開発が進められ、可奈と山崎悠斗の自宅もそのような新興住宅地の一角なのだという。しかし事前に喧伝されたようには開発は進まず、電鉄沿いでない車生活を前提とした郊外の宅地に人口は吸い寄せられ、駅は無人化された。自動改札の代わりに、ＪＲと共通規格の交通系ＩＣの端末だけが置かれている。

「悠くん、一本後の電車で来るから、お願いします」と可奈は言った。

珠理を頼った理由を訊かれた可奈は、強そうだから、と答えた。金髪のギャルがいれば、山崎悠斗も滅多な行動に出ないだろうと踏んだのだ。良たちはその判断に大いに頷き、当の珠理は納得しながらも少し不満げだった。

島式ホームの端、上り線側の一段低いところにある駅舎で待機する。壁には地元の中学校や公民館で行われるイベント、自治会からのお知らせ等が雑多に掲示され、等しく陽光を浴びて色褪せている。

「でも、わたしもちょっと狡《ずる》かった」古びた木造のベンチに腰を下ろした可奈は言った。「悠くんの気持ちには正直気づいていて、知らんぷりしてたし。手紙のことを言ったのも、たまたま便箋を買ったのを見られたからだけど……正直、ちょうどいいって思ったし。わたしが、筒井くんのことが好きだって知れば、悠くんも察して諦めてくれるかなって」

「喧嘩せずに友達のままでいられるなら、そっちの方がいいもんね」と瀬梨荷が応じた。「でも凄いね、中島さん」

「凄い？」

「だってそういうの、普通男の子の方が一方的に悪いってことにするじゃん。お膳立てしてあげたのに察しもしないバカって言っちゃえばいいのに。私だったら言っちゃう」

そんなことないよ、と応じる可奈。すると康平が良の肩を抱いて言った。

「なあ良くん。怖いな、女って」

「手紙を勝手に開けたり写真を晒したりする方が怖くない……？」

珠理が腕組みで頷く。「その通りだ。そのアホにもっと言ってやれチャールズ」

「でも俺は、察するように仕向けられるくらいなら、面と向かって拒否される方がマシだな。そういうことする女の子、大体『傷つけたくなかった』とか言うし」

「それは、あるある」と珠理。「あれセコいよな。自己主張しない自分を正当化してるだけなのに相手への気遣いってことにして、優しい自分を上げる。そういうの一番嫌いなんだよ、あたし」

「珠理ちゃんは激しいもんね、自己主張」

「人と喋るときはちゃんと目を見ろ」

「いや見てるでしょ」

「絶対髪見てたろ」

「さあ……？」康平は良を前に押し出すと背中に隠れた。「良くん後よろしく」

何それ、と良は応じる。

まるで会話についていけなかった。男子、女子。男の子、女の子。好き、嫌い。傷つける、傷つけられる。わかる、あるある。語られることのすべてがこれまでの自分の生活から遠すぎて、同い年のはずなのに、珠理たちが急に大人に見えた。

あっ、と良は声を上げた。

怪訝な顔の珠理や康平、瀬梨荷に、なんでもない、と応じる。

すぐに回りくどくてスケールの大きい社会派なことばかり言う父が、息子に経験させたかったのは、これなのではないか。一瞬で手遅れになって、二度と取り戻せないものがこの世にはあると、伝えたかったのではないか。

その時、踏切が警報音を鳴らした。駅舎の泥と埃で曇った窓の向こうで、遮断機が下りる。前崎発の下り電車が近づいてくる。

可奈が立ち上がった。

ホームで山崎と対峙するのは可奈のみで、良たちは何事もなければ駅舎に隠れている手筈だった。

数人の乗客が降りて、ホームの端から階段を下りて駅舎を抜けていく。可奈曰く、山崎悠斗は先頭車両の一番前に乗ることを習慣にしており、その言葉通り、降車客のうち駅舎から見て一番遠くにいたのは山崎悠斗だった。

「止まって！」可奈の鋭い声が響いた。「そこから、近づいてこないで。自分がしたこと、わかってるよね」

窓越しに盗み見る悠斗は、頻りと上着の袖の位置を直していた。だが、落ち着かない仕草とは対照的に、表情は笑顔だった。

掌を制服のスラックスで拭い、悠斗は言った。

「可奈？　どうしたんだよ。何かあった？」

「何それ。わたしの手紙、開けて温めて書いたこと全部消して、写真も抜き取って、〈ヨミガミ〉みたいにしたの、悠くんだよね」

「消えるペンよく使ってたもんな。やっぱりって思ったよ。ああしておけば、筒井も怖がって可奈に近づいてこないだろ？」

「は？　意味わかんない」

「あいつは、クソだよ」と悠斗。皮肉に笑い、目の前の可奈から目を逸らす。「可奈は騙されてるんだよ」

「読んだのにそんなこと言うの？　何その自信。キモすぎ。筒井くんは……」

「クラスTシャツのこと？　去年の文化祭の」

「わかってるなら……」可奈は悠斗を睨み、そして足元に目を落とした。「本当は、わたしのことじゃない。悠くんの名前も入れてくれた。筒井くんが何も言わなかったら、わたしも悠くんも、他にも何人もクラスからハブられて、文化祭が辛《つら》い思い出になるだけだったのに。本当はわたし、それが嬉しかったんだよ？」

「それが騙されてるって言ってんだよ！」駅舎まで響く声で悠斗は叫んだ。「あいつ、そんなこと考えてない。俺や可奈の名前も入れたのは、俺や可奈にも買わせるためだよ。あんな、クソどうでもいいTシャツ。注文数が三〇以上になると安くなるから。俺らは、あいつにとって、ただの数合わせだったんだよ」

康平が溜め息をついた。「駿太、ぶっちゃけそういうとこあんだよな」

「去年のクラスT、私の名前間違ってたんだよね」瀬梨荷は自分のスマホに写真を表示させる。ピンク色のTシャツに、クラスメイトの名前や愛称が、人気アニメ調のフォントで印刷されている。瀬梨荷の名前は、『瀬利花』になっていた。

瀬梨荷は淡々と続ける。「表面上は友達思いでみんなの中心だけど、それは、ぶっちゃけ興味ないような相手でも、三〇秒だけ友達みたいに接するのが得意なだけ」

「中島ちゃんが本気っぽいから黙ってたけど」康平は肩を落とす。「あいつ、付き合った女の子のこと全然大事にしないいんだよ。自分の都合のいい時だけ呼び出して、言いなりにならなかったら『付き合ってるのに』とか、『俺のこと好きなの？』とか言って追い詰める。そのくせ友達に紹介とかはちゃんとして、女の子の方に自分がちゃんと本命なんだと実感させることは忘れない。でも、見抜かれて、すぐ別れる、っていうか、逃げられる」

「お前らどっちの味方なんだよ」

呆れ顔の珠理に、瀬梨荷は「中立」、康平は「珠理ちゃんの味方」と答える。

「俺は別にいいよ」と窓越しの山崎悠斗が言った。「目が覚めたろ？　あんなやつのことは、切り替えてさ。また一緒に写真撮りに行こうよ。可奈のことはなんでも知ってる。やっぱり、好きな物が一緒な方がいいよ。俺も乱暴だったとは思ってるし、そこは謝るよ。ね？」

「……別にいいって、何？　目が覚めたろって、何？　その上から目線なんなの⁉　山崎くん、わたしの何？　親同士は親しいかもしれないけど、ずっと同じ学校かもしれないけど、幼馴染みかもしれないけど、それだけだよね？　そっちのおばさんとか、わたしのお母さんとかにからかわれて本気にしたの？　わたしの意思は？　気持ちは？　悠くんにとってはどうでもいいの⁉」

康平が身を震わせる。「イッツ・ア・修羅場。……良くん？」

「ごめん」良は、言い争う二人から目を逸らした。「僕、こういうのちょっと苦手」

東京にいた頃、父と母はいつも言い争っていた。より正確には、怒鳴り散らす母に父がじっと耐え続け、その嵐が過ぎ去るのをじっと待つのが良たち兄妹の日常だった。良は文学の世界に逃避し、妹・多紀乃はスマホやゲーム機にかじりついていた。

思い出してようやく、前崎に来てから当時のことを考えずに日々を過ごしていたことに気づいた。

「人間ってなんですれ違うんだろうな」珠理が呟いた。「アレニウスの式とかギブズの自由エネルギーとかに従えばいいのに。ル・シャトリエの法則でもいいけど」

「人間だからでしょ」瀬梨荷は冷たく言い捨てる。

「正直重かった！」ホームの上の可奈は声を張り上げる。「友達以上だって、なんでもわかってるんだって、なんにも知らないし知る気もないのに、わたしのこと、守ってるのか導いてるつもりなのか知らないけど、そういうのマジで重かったし、気持ち悪かった。この駅でなんとか系が来るのをずっと待ってるのも、わたしが撮る写真にいちいち下らないとかわかってないとか言うのも、鬱陶《うっとう》しかった。わたしが何か言うとすぐ機嫌悪くなるから、そうだね、悠くんの言う通りだねって言わされるのも最悪だし、なんにも優しくないのに優しいね、感謝できないのにありがとうって、嬉しくないのに嬉しいって言わなきゃならないわたしの気持ち少しでも考えたことあった？　特別な時間だって悠くんが思ってたのはわたしには伝わってきたよ。でも、寒くて震えてたわたしのこと、悠くん笑ってただけだったよね」

「構図が決まるの、楽しいって言ってたじゃん」と悠斗は言った。「わかるって言ってたよね。それも嘘？　へえ、ずっと俺に嘘ついてたってこと？　ならその時言えばいいじゃん。今になって言うの狡くない？」

「それは……」

「いいんだよ。可奈、昔からちょっと思い込みが激しくってそそっかしいもんな」

その悠斗の言葉が聞こえ、瀬梨荷が自分の身体を抱いて言った。「ごめん、ちょっと鳥肌立ってきた」

「俺、山崎がこんなに喋ってるの初めて聞いた」と康平。

「山崎くんからすれば、逆に文学かも」と良は言った。「筒井くんに中島さんを持ってかれたって思ってるよね。芥川の『藪の中』とか、スタンダールの『赤と黒』だって寝取られだし、トルストイも、ツルゲーネフだって、ロシア文学って結構そういうのが」

「青春は文学じゃねえだろ」

珠理に言われ、「なんとかの式でもないと思うけど……」と言い返す。

「大体なんで苗字で言うんだよ。下の名前で言わなきゃその人になんねーだろ」

「確かに」

その理由を考えようとした良の思考を、沈黙していた可奈の叫びが遮《さえぎ》った。

「だから、それ、なんなの!?　言わなきゃわかんない？　わたし、彼氏面しないでって言ってんの！」

「俺は可奈のこと思ってるよ。筒井よりずっと」

「だったらさあ」熱っぽい息を吐いて、可奈は続けた。「なんで写真を抜き取ったの？〈ヨミガミ〉に見せかけるなら、残しといた方が怖かったよね。なんで見えないインクで書いたの？『なんでおまえなんだ』って伝えたいなら、普通に書けばよかったよね。結局、悠くんは自分に自信がないんだよね。だからわたしに向けて写真を張り出したりするんだよね。そんなに悔しいなら、筒井くんに言えばいいよね⁉」

また遮断機が下りる。警報音が鳴る。前崎に戻る上り線の電車が近づいている。

この便を逃すと一時間ほど待つことになる。すぐに移動できるように、四人で目配せを交わす。

それは、違う、それはと繰り返す悠斗に、可奈はさらに追い打ちをかける。

「……正直、なんか馬鹿馬鹿しくなっちゃった。筒井くんのこと大好きだったけど、あの時の気持ちに嘘はなかったと思うけど、わたし、筒井くんのこと何も知らないし。よく考えたら、手紙で告白とか子供っぽいし。……だったら、とか思わないでね」ホームに電車が滑り込む。

可奈は言った。「あんただけは絶対にないから。山崎くん」

行くぞ、と珠理が号令して全員でホームに上がる。電車が停まり、扉が開く。降車客は三人だけだった。

可奈が乗車し、悠斗が後を追おうとする。

だが、二人の間に珠理が立ちはだかった。

「そのへんにしとけよ。いい加減ダセえぞ、お前」

瀬梨荷と康平が続けて乗り込む。可奈と頷き交わしているのを見て、悠斗も状況を察したようだった。

「君に、君たちに何がわかる？」

「知るか。わかるのは、お前が自分のことだけを一方的にわかってもらいたがってるってことだけだよ」上背のある珠理は、悠斗を見下ろして言い放った。「大体お前、あの写真見たなら、内心思い知ってたんじゃねえの？　自分の入る余地なんかねえって」

硬直している悠斗を前に、珠理は良の襟首を摑んだ。

「チャールズ、ちょっとそこ立ってろ」

「え、何。電車出ちゃうけど」

「停車時間は何分かあんだよ。東京と違って」

そう言うと、珠理は良をホームに立たせ、スカートの裾を押さえながら足元に潜り込むように屈んだ。いつもは大きい木暮珠理が、ひどく小さく見えた。

「あの写真、こういう感じのアングルだろ」珠理は片目を瞑《つむ》り、両手の親指と人差し指でカメラの形を作って良を見上げた。「お前、中島ちゃんとこういう距離感になったことねえだろ」

良も続けて言った。「いい写真って、被写体のことが本当に好きじゃないと撮れないらしいよ。受け売りだけど」

発車を告げるベルが鳴る。立ち上がった珠理と並んで良は電車に飛び乗る。

瞬《まばた》きもしない山崎悠斗を置いて、扉が閉まった。


「ヤバみがヤバだったね……」と瀬梨荷が言った。

「夢に出そう」康平は頭を抱える。

「見た目オタクなのに言ってることチャラ男みてーなのマジでエグい」珠理は苦笑いだった。

「そういや撮り鉄はスポーツとか誰かが言ってたような……」

「松川くんって意外と鋭いのかも」良は運動部を敵視する級友の姿を思い浮かべた。

「なんか、ごめんね……」可奈の表情には言葉と裏腹な軽やかさが滲み出ていた。

上りの電車も空いていて、向かい合ったロングシートを五人で占領しても誰の迷惑にもならなかった。足を投げ出す康平の隣で、瀬梨荷は鞄を抱えるようにして両肘を膝に乗せ、両手で頬を包んでいる。良の隣では脚を組んだ珠理が肘を座席の背もたれに乗せて三人分の幅を取って座り、さらにその隣には、両手両足を力なく投げ出して深く息を吐く中島可奈の姿があった。

「中島さん、あそこ最寄りじゃなかったの?」

康平に訊かれ、「大丈夫、次の駅で親に迎えに来てもらうから」と可奈。

「本当にありがとう。木暮さんも、みんなも。少しすっきりした」

「お役に立ててよかった」康平は力なく笑う。「中島さん、筒井くんはどうするの? あの手紙、必要だったら返すけど。いいでしょ、珠理」

瀬梨荷は同感とばかりに力なく笑う。「何もしてないのにすげー疲れた……」

その珠理は少し間があってから言った。「これ、ヨッシーに言われてる調査研究プロジェクトの34番だからなあ。示温インクと蛍光不可視インクだったたっていう記録を残したい。できれば、個人情報がわからない形で写真だけ撮らせてほしいんだけど……」

「吉田先生って科学部の顧問だったんだ。知らなかった」と可奈。「わたしは要らない。捨てるか、そのプロジェクト? で必要なら保管してもらってもいいよ」

「マジか。サンキュ。なんかお礼しなきゃ」

「しなきゃいけないのはこっちの方だよ」

「じゃあさ、今度科学部来て、写真撮ってよ」康平は姿勢を正した。「珠理ちゃんのカッコいい白衣姿。どう？　部員勧誘とかにも使えるじゃん」

「どうかなあ」瀬梨荷はにやついた顔だった。「ギャルすぎて真面目な子がみんな逃げるかも」

「じゃあ俺」

「康ちゃんはチャラいから駄目」

「チャラくはないでしょ……」

可奈が口に手を添えて笑う。車内にアナウンスが流れ、電車が減速して駅へ滑り込む。

「いずれにせよ、今度お邪魔するね」可奈は立ち上がった。「筒井くんのことは、ちょっと落ち着いて考えてみようと思う。わたしもちょっと、のぼせてたところあるし」

「それがいいと思うよ」瀬梨荷は微笑《ほほえ》んで言った。「筒井なんかに中島さんは勿体《もったい》ないし」

ありがとう、と言い残し、可奈は電車を降りた。

前崎行きの車両には、科学部員と、幽霊部員二人と、良が残される。

珠理が片手を背もたれから下ろし、スカートの上に置いて、良の方を向いて言った。

「……見えてたか？」

「何が」

「いや、その、さっき」

「さっきって?」

「いや……えーっと、まあいいや。忘れろ」珠理は咳払いする。「問題が一つ残ってる」

「……さすがに解決じゃない?　これで山崎くんがまたなんか言い寄ってきたら、いくらなんでも警察だと思うし」

するると、対面側の席から瀬梨荷が言った。「筒井くんでしょ」

珠理は頷く。「あいつにどこまで知らせるか。そもそもこの件、康平が筒井から請けた話だし、何も報告なしってわけにはいかないだろ」

「でも微妙だよね」とその康平は腕組みで応じる。「全部を教えるのは、もう中島さんの意図に沿わないことになっちゃうし。それで中島さんが駿太に遊ばれるのも、なんだかなってなるし」

「それはない。絶対無理」と瀬梨荷。

「赤木くん、友達なんじゃないの?」

良が訊くと、「向こうはどう思ってんのか知れたもんじゃないし」と康平はあっけらかんと応じる。

「でも文字が復元できたことまでは教えちゃったんだよな……」珠理も考え込んでいた。「死ねとか殺すとか書いてあったことにする?」

康平は首を横に振る。「それこそ警察沙汰でしょ。駿太が仮に先生とか警察に相談したら、俺らの立場がやべえ」

元来た田園地帯と、遠くに時々現れる大きな工場を尻目に電車は走り抜ける。併走する国道を流れる車の群れ。そのすべてが、夕陽の橙色に染まっている。

〈ヨミガミ〉は存在しない。幼馴染み同士の取り返しがつかない気持ちのすれ違いが、下駄箱に届く呪いの手紙に似たものを作り上げただけだった。だがそれを伝えたら、筒井自身が中島可奈への呪いになるかもしれない。

車内には瀬梨荷と康平の影が長く伸びていた。線路の継ぎ目に合わせて不気味に影が揺れた時、良の脳裏に閃きが走った。

あまりにも科学部らしからぬ解決策。だが、現状ではベストのように思えた。「どうした?」と覗き込んでくる珠理に頷き返し、良は一同に向けて言った。

「本当に〈ヨミガミ〉だったことにすれば?」

＊

五月も終わりに近づいた、蒸し暑い日のことだった。

「例の手紙の件、一応解決したんだけど……知りたい?」

後ろの席の赤木康平に思わせぶりに告げられた筒井駿太は「そりゃ知りてえだろ」と応じた。

だが、康平はまだ勿体をつけて続ける。

「いや、マジでヤバい話っぽくて。知らない方がいいっていうか……聞くことで巻き込まれるってのがあるらしい。本当に知りたいなら、詳しいこと知ってるやつに話してもらうけど……駿太どうする？」

無駄に高価で要らない見栄を張れるだけの自動車というものにやけにこだわる赤木康平のことを、筒井駿太は内心見下していた。ここは進学校で、県外への進学を目指す生徒も多いのに、公然とクルマ屋になりたいと語る康平は、駿太にとって一線が引かれた場所にいる存在だった。馬鹿で、いつか小汚い職に就く、今だけの友達。明るい性格は退屈しのぎにはうってつけだったが、それだけだった。

その康平が、何かに怯えていた。

〈ヨミガミ〉の話は、他校との練習試合の時に耳にした。対戦相手の女子マネージャが話していたのだ。その時は馬鹿馬鹿しいとしか思わなかったし、そんなものを馬鹿正直に信じているやつには他人に声援を送るだけの立場が似合いだとも思った。

だが、自分の下駄箱に封筒が入っていて、しかも中身が白紙だと、さすがに気味が悪かった。内心で馬鹿にしてきたすべての人の恨みが、手紙の形を取ったような気がしたのだ。

康平に話したのは、話題の科学部だったこと以上に、渦中の木暮珠理という髪を金色に染めた女子が、可愛いと評判だったからだった。どんなものか話してみたかったし、科学部だという康平はちょうどいい橋渡し役だった。

昼休み、康平に案内されて向かったのは、三階の化学室だった。黒い実験台に腰を預けて待っていたのは、木暮珠理ではなかった。

「林さん？」

「筒井くんどーも。一年の時同じクラスだったよね？」

林瀬梨荷。一年の時から変わらないロングの黒髪で、相変わらず長身の彼女は、実験台から降りて駿太に席を勧めた。

妙な噂が絶えない女子だった。揃った前髪やピアス穴のために漂う地雷系の気配や、手脚は細いのに胸が大きく男子の目線をよく集めているせいかもしれないが、一年の頃から経験人数三桁ともっぱらの噂だった。後に瀬梨荷自身が、「まだ二桁だよ」と否定したという噂も流れた。

他の女子と違って、同性の友達と群れていることが少ないことも、そんな噂に拍車をかけていた。瀬梨荷が時折行動を共にしているのは、他でもない木暮珠理だった。

駿太が丸椅子に座ると、康平が部屋の扉を閉め、瀬梨荷の手が駿太の肩に触れた。

「大変だったね」と瀬梨荷。「あの手紙が届いてから、身の回りに変なこと起こってない？」

「いや、別に。全然何もないけど」

「身近な誰かが危ない目に遭ったりしてない？」

肩に手を置かれたまま顔を覗き込まれ、駿太は目を逸らした。

「……そういえば、母親が昨日、自転車にぶつかられそうになったとか言ってたな」

「そう。それくらいで……」

「そうだ。先週部活で、後輩が怪我したんだ。練習中の交錯で倒れて、受け身取り損ねて腕を折った」

「そう。それくらいでよかった」肩の手が離れた。「あの手紙ね、書いてある文字が復元できたの。でも、できなかったことにしていい？」

「どういうこと？　差出人とか書いてなかったのか？」

「あまり気にしない方がいいよ。お母さんや部活の後輩ならいいけど、気にすると気づかれる」

「なんだよそれ。気づかれるって誰に？」

「駿太」教室の壁に背を預けていた康平が言った。「頼む、ちゃんと聞いて。駿太のためなんだよ。そういうものなんだよ」

「……もしかして」駿太は傍らに立つ瀬梨荷を見上げて言った。「〈ヨミガミ様〉のこと？」

「私の知り合いにこういうの詳しい人がいてね。この辺ではそう呼ばれてるんだねって言ってた。でね、その人に聞いたんだけど……昔、ある街でね、同じように下駄箱に白紙の手紙が届いてね。あぶり出しをしてみた子がいるんだって」

「それ……何が書いてあったの」

「別に？　普通に読めた。でもね、差出人がおかしかった」と瀬梨荷。「前の年に不登校になって、川に投身自殺した女の子の名前だったんだって」

「死人からの手紙……」

瀬梨荷は駿太の向かいに腰を下ろすと、真っ直ぐ目を合わせてから頷いた。「本当は、その時に正しい処理をすればよかったの。どうすればいいか、筒井くんわかる？」

「……燃やすとか。火って魔除けになるっていうし」

壁際の康平が「あちゃー……」と言った。

瀬梨荷は目を伏せる。「うん。逆。本当は、水に流さないといけなかった。川から来たものは、本来あるべき場所である、川に流さないといけない。あぶり出しの火や、焼き捨てるための炎は、その何かの持つ力を強めてしまう。でも、魔除けって発想をしちゃうのは普通だよね。その何かは、そういう人間の心理も理解してたってことになる。結果として……あの手紙は、遠く離れた別の学校の下駄箱にも届くようになってしまった。うちの学校の下駄箱とか」

「あぶり出した子はどうなったんだ」

「行方不明。遺体も見つかってない」と瀬梨荷。「開けて、文字を読んだ者に、悪意を届ける手紙。あれは何か……そういう装置みたいなものなんだと思う。そういうものが、この世にはあるんだよ」

「……いやいや！」駿太は立ち上がった。「科学部でなんか調査したんだろ？　その結果は？　温度が上がると消せるペンの色が消えるとかなんとか言ってたじゃん。なあ康平」

康平が静かに応じる。「科学部の調査では、下駄箱内の温度は、文字が消えるほどには上昇しなかった。つまりあれは、誰かが書いたラブレターの文字がうっかり事故で消えちゃったような単純なもんじゃないってことが、逆にはっきりしちゃったんだよ」

「ちゃんと処分してもらったから、安心して。ね？」と瀬梨荷。「最初に開封した筒井くんが本当は一番危ないの。封じるときに少し漏れて、それが周りで小さな事件を起こすことはあるかもしれない。でも、もう大丈夫だから。筒井くん自身が引き寄せない限りは」

「俺が引き寄せる……？」

「さっき言ったじゃん。考えちゃ駄目。本当はこうして話すことだって、あまりいいことじゃないんだよ」

「……マジ？」

「冗談だと思うならそう受け取ってもらってもいいよ。でも、話さないでね。その軽率さが大きな不幸を招くかもしれないから」

「変な話聞いちゃったなーくらいで、忘れちゃえばオッケーだからさ。な？」と康平。

駿太はどう応じればいいのかわからなかった。心霊話など、周りの話を聞き流すだけのもので、自分が体験したことなど一度もなかった。むしろ、体験談を語るような人のことを、見下してさえいた。

だがここは化学室。

体調不良者を何名も出した呪いの正体が化学物質だと突き止めた科学部が、心霊現象だと言っている。

駿太は背筋に悪寒《おかん》が走るのを感じた。自分の中で『まさか』が『もしかしたら』に変わったのがわかった。その変化は、一度起こったら二度と元には戻らない。

「俺、なんかしたのか？　なんで俺のところにそんな手紙が……」と駿太は言った。

瀬梨荷と康平が微かに頷き交わしたことも、そして瀬梨荷が、黒板の横にある化学準備室に繋がる扉の方に目配せしたことも、駿太は気づいていなかった。

「偶然といえば偶然かな」と瀬梨荷は言った。「あの手紙、どの学校でも、必ず下駄箱の右から三番目、下から四番目に届くんだって。うちの二年の下駄箱だと、筒井くんのところだよね」

＊

「……お疲れ様でしたあ！」

放課後の化学室に赤木康平の声が響いた。

主演、林瀬梨荷。助演、赤木康平。脚本・助監督、安井良。そして監督、木暮珠理。筒井駿太を相手にした芝居が無事成功を収めたことを祝しての集まりだったが、化学室は飲食禁止だった。

「瀬梨荷さん、凄くいい感じでした！」と良は言った。「そっちの世界の知り合いがいそうな怪しげな雰囲気。ぴったりだった。瀬梨荷さんじゃないと無理だったと思う」

瀬梨荷は長いストレートの髪を払ってなびかせる。「ふふっ。ざっとこんなもんですよ。でも偶然だったよね。筒井くんのお母さんが事故に遭いかけてたとか、サッカー部で怪我人が出てたとか」

「身の回りの人全員を考えれば、一人くらいは危ない目に遭ってる人いるから。占い師とかの技術なんだけど、上手くいくかは瀬梨荷さんにかかってたから……」

「そこそこありそうだもんな。いやでも、筒井が母親の話の後に部活の話した時はヒヤヒヤしたわ」珠理は即席の台本を手にしていた。「『そのくらいでよかった』の台詞《せりふ》に入りかけてたじゃん。リカバーできてよかったけど」

「そういや良くん、支倉さんは呼ばなくてよかったの？」と康平。「あの人には事情話して協力してもらったんだよね？」

「呼んだんだけど、遠慮されちゃって」

「それでいい。あいつが来ても鬱陶しいだけだから」珠理は自分の言葉に頷いている。

「素直じゃないんだからさあ」瀬梨荷は呆れ顔だった。「でも、これで筒井くんは手紙の送り主のこと気にしなくなるし、中島ちゃんは平穏無事だし、オールオッケーじゃない？」

「大変なのはこれからかもしれないよ」と言ったのは康平だった。「たぶん、また噂立つんじゃない？　超常現象でお悩みなら科学部に相談って」

「そうしょっちゅうこんなことがあってたまるかよ……」珠理が露骨に嫌そうな顔で肩を落とした時だった。

入口の扉が開き、使い込んだスリッパの足音が部屋に入ってきて、そして止まった。

染みや焦げ跡だらけの白衣を着た、ぼさぼさ頭に猫背の非常勤講師、科学部顧問の吉田計彦だった。その吉田は、しばし呆然と化学室内を見渡す。その手元から、ファイルや書類が滑り落ちた。

「四人もいる。放課後の、この化学室に、熱心な生徒が四人も……」

康平が足元に置いていたリュックサックをそっと摑み、瀬梨荷も実験台の上に置いていた鞄のファスナーを音が立たないようにそっと閉じる。

「いや、これはたまたまというか……」と珠理。

「みなさんもサイエンスの素晴らしさに気づいてくれたんですね。僕がこれまでしてきたことは無駄ではなかった……」吉田は眼鏡を外して目元を拭う。「しかし申し訳ない。今日は実験指導はできないんです」

「珍しいじゃんヨッシー。何か用事?」

「いえ、新井先生から食事に誘われまして」吉田は眼鏡を掛け直す。「何やら話すことが支離滅裂で、一体どういう理由で一緒に食事に行くのかさっぱりわからないのですが、奢《おご》ってくださるそうなので行こうかと」

「……いや、それどうなの」帰り支度をしていた康平が言った。

「それはちょっとないよ、ヨッシー……」と同じく隙を見て帰ろうとしていた瀬梨荷。

「ヨッシー、見損なったな……」珠理は良を見た。「どう思うよ、チャールズ」

「え、僕? 僕は……」集中する一同の目線に気圧されながらも良は言った。「非常勤講師の吉田先生より正規教員の新井先生の方が経済的には安定してるはずだし、価値観の押しつけはよくないんじゃないかな……って、思います」

一瞬、沈黙が流れた。

「この社会派！」珠理が実験台を叩いた。

「ひっ……」

「男子校！」瀬梨荷が立ち上がる。

「ひぃぃ……」

康平は引きつった笑みになっている。「え、良くんマジで言ってる？　そこもどうかと思うけど、そこじゃないからね？」

「この文系！　反省しろ！」珠理は良の襟首を摑んだ。「じゃあヨッシー、今日はこいつを説教するんであたしらも帰るから」

「そうですか。34番の進捗報告もお願いしますね」

「明日！」と珠理は言い捨てる。

「いや、ちょっと待って、あの、なんなんですか」

康平はバイクのキーを指先で回す。「市役所らへんのファミレスでいいっしょ？　席取っとくから連行よろしく」

「オッケー任せて」と瀬梨荷。

「助けて……」室内に目線を往復させると、吉田と目が合った。笑顔だった。

その吉田は、二人がかりで羽交い締めにされている良の方に近づいてきて、三つ折りにした書類を一枚、良の上着のポケットに差し込んだ。

「先生、これは……？」

「入部届です」吉田は笑顔を崩さなかった。「安井くんは僕の味方になってくれそうですので、是非ご検討を」

「そんな！」

泣いても叫んでも、化学室に良の味方は一人もいなかった。

＊

――そういうわけで、黄泉からの手紙事件も無事解決しました。

もうすぐ制服も夏服に替わりますが、まだ文芸部には入れていないどころか、活動見学もできていません。来月には図書室も使えるようになるので、一度行くつもりでいます。でも、珠理さんが嫌がるので、駄目かもしれません。

普通の日常を過ごすことって、とても難しいのだなと思います。

転校してから、毎日のように調査だ実験だに駆り出されているせいもあるのかもしれません。ですが、それ以上に、自分がこれまでに過ごしてきた時間の重さを感じています。

周りにいてくれる人たちは、同年代なはずなのに、みなずっと大人であるように感じられます。大人の男女が、夜、一緒に食事に行くことは、関係の進展というか、好意を示す的な意味合いがあるのだそうです。僕だけがそれをわからなくて、ファミレスでみんなに囲まれて説教されました。どうやら僕は、その手の人間関係の機微を察する力が、同年代に比べてひどく劣っているようです。あなたが爆笑している姿が目に浮かびます。そうです、あなたの兄は、情けない男なのです。二言目には『文系』『男子校』と言われるのですが、後者はともかく、前者はあまり関係がないような気がします。

僕は、これまでの生活を、普通だと思っていました。実際、普通だったと思います。父さんがいて、母さんがいて、あなたがいました。与えられていた環境には、感謝しなければならないとも思います。普通とは、普通に素晴らしいという意味での、下げではなく上げニュアンスの、普通です。

でも、その普通は、鈍色の普通だったのだと、今は思います。

家庭に争いが絶えなかったこともあります。ですがそれより、あちらでの日常は、守られすぎていたのかもしれません。保護、というより、保全のニュアンスです。僕自身、嫌なことも含めて、変わらないことに安心していたように思います。

今は、ちょっと普通ではない日々を過ごしています。転校するときに（愚かにも）想像・妄想した青春とは、違うものばかりです。ギャルもいればヤンキーもいます。偶然の重なり合いがなければ、僕は殴られたり蹴られたり、僕だけを弾いたＬＩＮＥグループで悪口を言われたり、僕の仕草や言動を面白おかしく切りとった動画をインスタのストーリーに投稿されたりしていたのかもしれません。

なんというか、動物園から、国立公園くらいになった気がするのです。

青春とは、鈍色の日々を金色に変える錬金術だ、と父さんが言っていました。父さんらしいですよね。

僕には、動物園暮らしで染みついた、もう取り返しのつかない部分がたくさんあります。ですが目に見える景色は、金色に輝いて見えます。

長くなってしまいましたが、こちらはどうにか楽しくやっています。

そちらはいかがですか?

友達とはうまくやれていますか? 母さんが会ってほしいと言ってきた人は、どんな人でした?

母さんは、あなたの方が知っているでしょうが、危ういところがある人です。傷つけられるようなことがあれば、兄も父さんも力になります。徹底的に闘う準備があります。

そう、先日の事件で、蛍光不可視インクを入れたシークレットペンというものが使われていました。一〇〇均で買えるそうで、一〇〇均の雑貨が好きだったあなたのことを

＊

温めても消えない油性ペンでそこまで書いて、自室の良はふと手を止めた。扇風機の風が心地よかった。

ただの思いつきだった。

両親の離婚で母と共に東京に残り、良とは別れ別れになった妹は、一〇〇均の雑貨が好きだった。ブラックライトで発光する蛍光不可視インクを使ったペンのことも、知っているに違いない。

通学鞄にしているリュックサックの中から、良はブラックライトを取り出した。掌に収まる小さなもので、珠理曰く、化学室での実験にも時々使うことがあるのだという。

身近なものでも結構光るからやってみ、と言われ、半ば強引に押しつけられたものだった。彼女の言葉を借りるなら、『ヤバいくらい光る』ものの定番が、栄養ドリンクなのだという。

家中のものを照らしていただろう、今よりも少し幼い木暮珠理の姿が目に浮かんだ。

スイッチを押し、妹からこれまでに届いた手紙を照らしてみる。

そして良は目を見開いた。

「……なんだ、これ」

【Project #35　旧針金山トンネルの悪霊】

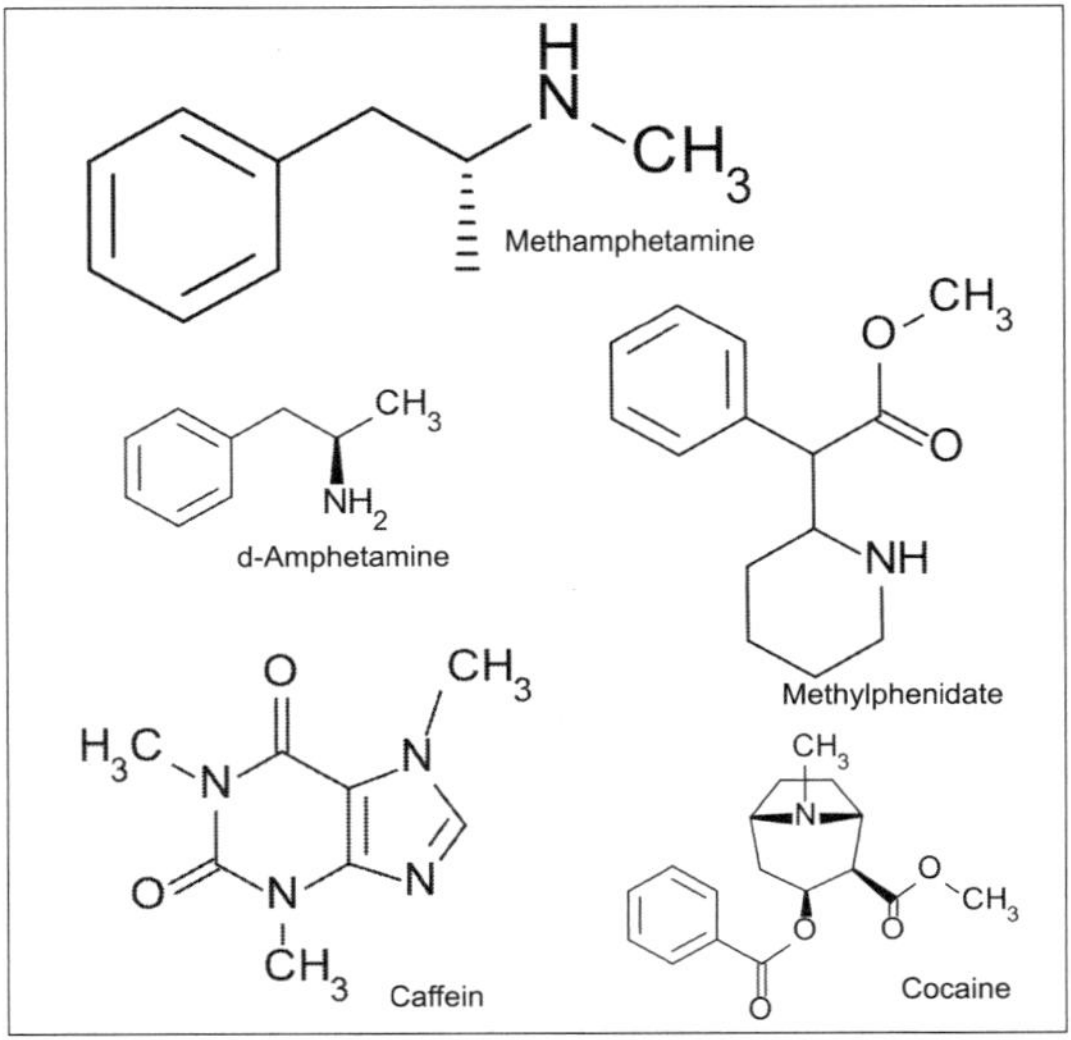

丑三つ時にトンネルの真ん中で手を叩くと、ハリコババァの呪いが降りかかる。

そんな噂のある旧針金山《はりがねやま》トンネルは、街の若者たちにとって、定番の肝試しスポットだった。

近畿地方が梅雨《つゆ》入りし、関東地方の週間天気予報にも傘マークが並び始めた、六月初旬の、暑い夜のこと。

近くに精神科病院があったとも、工事時に多数の死者が出たとも、レイプされた上に置き去りにされて死んだ女がいたとも噂されるトンネルを、ミニバンのヘッドライトが照らしていた。

バンに揺られて肝試しのためにやってきたのは、いずれも男性の、同じ中学の出身者および在校生で構成される七人の若者グループだった。最年長は二二歳、最年少は一三歳。車は、二〇歳の大学生の男が親から借り受けたものだった。

グループには、高校生が二人、中学生が二人含まれていた。高校生のうち一人は、県内でも指折りの進学校である前崎中央高校の二年生だったが、彼は素行・成績とも優れているとは言い難かった。入学後に学習意欲を失った、進学校にも一定数存在する落ちこぼれの一人だった。

七人のうち二名は酒に酔っており、直前まで知人が経営する飲食店でチューハイやビールなどを飲んでいた。酔っていた若者のうち一人は、二〇歳未満である一九歳の塗装工だった。

だが、本来なら事件にもならずに見過ごされる若者たちの戯れが木暮珠理たち前崎中央高校科学部の知るところとなったのは、迂闊《うかつ》な飲酒のためではなかった。

二人いた中学生の一人は、肝試しの現場をスマートフォンで動画撮影していた。

静まり返った山中に、不気味に佇むトンネル。定番の心霊スポットとなってしまったために、大正期に積まれたものも含まれるというレンガは缶スプレーの落書きで無惨な姿を晒している。近くに新道が開通しており人家もないに等しいにもかかわらず、若者たちがしばしば訪れるために、あちらこちらに食品の包装や空きペットボトルなどが転がっている。

「それじゃあ突入していきまっしょい！」

髪をまだらな金に染めた若者が声を上げる。周りより少し年上で、グループのリーダー格だった。

「お前行けよ」

「いや、ちょ、待って。待ってって！　これ絶対ヤバいっす。俺っすか？」

「じゃ後輩行かせんの？　カイトさあー、そりゃねーんじゃね？」

「いやいや俺先輩の後輩じゃないっすか！」

「や、俺、運転あっし？」

「カイトビビってるぅ～？」

「いやこれビビってるっしょ！」

「カズマ撮ってる？　や、マジ、ちゃんと撮っとけよ？　カイトやってくれっから」

「撮ってるっす！　カイトくん、お願いしまっす！」

「おなしゃーっす！」

「やっべ！　震えすぎっしょ！」

「怖い？」

「後輩見てんぞー！」

若者たちが口々に声を上げる。カメラが中心に捉えているのは、カイトと呼ばれた若者である。彼は最年少でも最年長でもない。一七歳の高校二年生で、先輩からも後輩からも軽んじられている様子が映像から読み取れる。

だが、彼が震えているのは、地元では有名な心霊スポットへの恐怖ゆえではなかった。そもそも、手脚の震えはよく振ってくださいと書いてある缶ジュースを振る時のような激しさであり、怖さや寒さに由来しないことは明らかだった。若者たちは、それを彼の芝居、あるいは周りのノリに合わせて道化を演じているだけだと思っていたようで、腹を抱えて笑う者もいた。

だが、次の瞬間、彼らの想像は裏切られた。

震える手で自分の胸を押さえていたカイトが、口を覆った。その指の隙間から嘔吐物が溢れ出し、手と服を汚し、ひび割れだらけのアスファルトに落ちて飛び散った。

そのままカイトはその場に蹲《うずくま》り、さらに嘔吐する。

「うわ汚え！」

「やっば。マジウケる。引くわ」

「えっ……何、何、これヤバくね」

「ちょ、えっ、カイトくん？」

「カイト！　おい！」

若者たちが口々に叫び、のたうち回って苦しむカイトに駆け寄る。カメラもカイトに近づいていく。

その時、誰かが言った。

「ハリコババァだ」

深夜、旧針金山トンネルの、入口と出口の中間地点で手を叩くと、ハリコババァが現れる。両手に一〇センチほどの長さの太い針を一本ずつ持った、小汚い和服を着た老婆のような姿をしており、奇声を上げながら天井を走って近づいてくるのだという。そしてハリコババァに追いつかれ、針を刺されたら、一巻の終わり。トンネルの闇に潜む悪霊に乗り移られ、正気を失ってしまう。

だが、ハリコババァを退散させる方法が、一つだけある。

五円玉を投げるのだ。

御縁を投げ捨てることで、ハリコババァが縫いつけた悪霊との縁も断ち切ることができる。だから旧針金山トンネルに行く時は必ず五円玉を持っていくという不文律が出来上がっており、トンネルの出入口付近にはそこかしこに硬貨が転がっている。

カメラが仰向けに倒れて苦しむカイトを捉える。彼の目は見開かれ、顎が外れそうなほど口を開けて浅い呼吸を繰り返し、握った拳を何度も自分の胸に叩きつけている。その隙間から、握り締めていた五円玉が落ちる。

「ヤバいヤバいヤバい」

「ガチでヤバい」

「これ呪いだろ。完全に呪いだろ」

「ババァいる？　いる？」

「カイト！　カイト！」

「ざけんなよ！　来いよ！」

「五円。五円投げる。どこだよ五円！　うわー！」

カメラに撮影者の手が映り込み、その手が、握っていた五円玉を闇の中へと投じる。アスファルトに金属の当たる甲高い音が響く。

「今何か聞こえた」

「は？」

「静かに！　黙れよ！」

「いや先輩が……」

「いいから黙れよ！」

そんな会話が交わされ、画面の中の世界が静まり返る。倒れたカイトの激しい呼吸と咳き込み、夜に騒ぐ虫の声が聞こえる。

すると、髪をまだらな金に染めたリーダー格の若者が、急に撮影者の方へ駆け寄った。

「お前撮るな。これガチでヤバいから」

「えっ、でも……」

「いいから撮るな！　カイト車に乗せろ！　やべえって言ってんだよ！」

カメラが激しく揺れる。倒れているカイトに駆け寄る若者たち。エンジンをかけたままのミニバン。トンネルの闇。鬱蒼と茂る木々。

そして動画は突然終了する。

＊

制服が夏服へと切り替わり、憂鬱な雨の季節が訪れる。バス通学者が増え、教室の後ろにバイク通学者のレインスーツがハンガーに吊して置かれるようになる。まだ夏本番には遠いことが信じられないほどの蒸し暑い日が続き、冷房のスイッチと設定温度を巡る生徒と教職員の戦いが日に日に激しさを増していく。

嫌なことばかりの季節。だが朗報もある。図書室の立ち入り制限が解除され、とうとう利用できるようになったのだ。貸し出しカウンターの横にある、文芸部が活動に利用している談話室も含めて。

自腹を切った化学担当の非常勤講師、吉田計彦の尊い犠牲は、とある二年の女子生徒が挙げた素晴らしい功績の陰に隠れている。再度の環境測定と、室温を上げてからの換気を繰り返すという力業《ちからわざ》、そして再々度の環境測定を経て、保護者説明会が行われた。安井良の父、安井弘行は、記者ではなく保護者として参加し、そして翌日、記者として学校を訪れ一連の顚末《てんまつ》を取材した。数日後の地方版の社会面には、安井弘行が筆を執った記事が掲載され、狭い範囲で大きな話題となった。

そんな喧噪も、一週間、二週間と経てば、日常の渦に押し流されていく。校門に時折出現していたユーチューバーが消え、保護者説明会の内容が全く理解できないのにひたすら職員室の電話を鳴らしていた保護者も大人しくなる。

そんなある日の、放課後まであと一コマを残した休み時間のことだった。

何読んでんの、と梅森永太に訊かれた良は、読みさしの文庫本にあえて栞を挟まず、音を立てて閉じた。

「ウエルベックは冴えない文系の理論武装のためにあるってことがよくわかった。僕はこれに救いを感じてはいけないいんだ、たぶん……」

「なんだかよくわかんねーけど……」梅森がスマホ片手に苦笑いで言った。「ヤッシー、B組の小池海翔《こいけかいと》のこと知ってる?」

知らない名前だった。首を捻《ひね》りつつ本を鞄に放り込む間に、松川博斗が鼻で笑って応じた。

「知らん。誰だ小池って。なんか運動部っぽい名前だな。敵か?」

「松川って、内弁慶だよね……」柔和そのものな笑顔でちくりと刺したのは、竹内淳也だ。

「知らない人だけど……その人がどうかしたの?」と良は応じた。

よくぞ訊いてくれたと意気込んだ梅森が言うには、小池という生徒は今週の頭からずっと欠席中。それだけならば、コロナ禍を経た今となっては珍しいことでもない。問題は、小池の欠席理由だった。

「土曜の夜に、このへんじゃ有名な心霊スポットに行って、呪われたらしいんだよ」

旧針金山トンネルとは、前崎市の北方の、山間の地域にある、大正期に開通した文化財級のトンネルである。現在は近くに新道が開通したために日中でも交通量はないに等しいが、夏になると、若者たちが肝試しに訪れる。かつてこの地域を治めていた戦国大名に滅ぼされた落武者の霊が出るとか、トンネル工事で息子が死んだ老婆の霊が出るとか、噂は様々である。だが一番有名なものが、針金山のハリコババァ伝説だった。

「ハリコババァが出たらね、五円玉を投げるといいんだって。だから僕、いつも五円玉持ってる」と竹内。彼はどちらかというと信じやすい性質《たち》のようだった。

一方、「何がハリコババァだよ」と鼻を鳴らしたのは、やはり松川だった。彼はどちらかというと信じないし、むしろ少し馬鹿にしているきらいもある。

「でさ、さっき回ってきたんだけど、これ」梅森はスマホを差し出す。どちらかというと内向的で人付き合いがあまり得意ではない三人と良だったが、梅森は多少いじられキャラになるのも厭《いと》わない性格が幸いして、学年の話題についていけるくらいの交友関係はあるのだ。

スマホで撮影されたらしい動画だった。車のライトに照らされたトンネルの入口で、派手な若者たちが気勢を上げている。件《くだん》の旧針金山トンネル。画面の中で、カイトと呼ばれていた若者が、突然手脚を痙攣《けいれん》させ、そして嘔吐してその場に倒れ込む。

倒れてからも手脚をばたつかせて苦しむカイト。平静を失った若者たちは、何かから逃げ出すように苦しむカイトを車に乗せようとして、映像が途切れる。

木暮珠理が好きそうだな、とふと思った。まるで邪悪な何かが乗り移ったようなカイトの姿は、悪魔とエクソシストをテーマにした陰鬱なホラー映画から切り抜かれたワンシーンのようだったのだ。

「ハリコババァに憑かれた？　馬鹿馬鹿しい」やはり松川は鼻で笑う。「車酔いか何かだろ。こんなもんで騒ぐなんて」

竹内は大きな身体を縮こまらせる。「ねえ梅くん。この『カイト』って……」

「ああ……」おどろおどろしい声色で梅森は応じた。「その小池海翔らしいんだ」

「え、じゃあその小池くんて、悪霊に取り憑かれて休んでるってこと……？」

梅森が頷《うなず》く。良は身震いする。

証拠映像だ。

呪いと言われているものを、これまで科学部の活動を通じて二件、解決してきた。だがそのいずれも、悪魔や心霊の関わる余地のない科学的な説明をつけることができた。科学部の金髪ギャルの言葉を借りるなら、『理性で説明可能な科学現象』である。

だが、健康な人間が突然痙攣し、嘔吐するような科学現象などありえるのだろうか。加えて彼らは、何かから逃げているようだった。

映像が途切れた時、旧針金山トンネルで、若者たちは何を目にしたのか。

まさか本当に、両手に針を持った老婆の霊を目撃したのだろうか。

その時、ハリコババァの姿を想像し、もう一度身震いした良の肩を誰かが指先で叩いた。

「ひっ……」

「あ……ごめん。ちょっと見てられなくて、つい」ポニーテールにセルフレームの眼鏡をかけた、今月になってようやく活動場所を取り戻した文芸部員の一人、支倉佳織だった。

その佳織は、良の後ろに立ったまま梅森たちを指差した。

「そこの松竹梅。安井くんに変なこと吹き込まないで」

「うるせー支倉」と梅森。

「女子は引っ込め。今俺たちは、男と男の話をしている」と松川。

「ごめんね……」と竹内。

「ハリコババァっていうのは、この街の民間伝承なの。歴史は浅いんだけどね」眼鏡に手を触れて佳織は言った。「お子さんが戦争に行ったきり帰ってこなかった女性が、終戦後も一人で千人針を縫い続けたって話が前崎の北の方、ちょうど針金山トンネルがあるあたりに残っててね。三〇年くらい前にその方は亡くなっちゃったんだけど、彼女の千人針は郷土資料館で現物が展示されてる。それが……まあ、傍から見ると結構すごい量だから、不気味でね。その話が、いかにも不気味なトンネルと合体しちゃったのが、怪談の正体」

「……五円は。投げると呪われないんだろ」梅森が不満げに言った。

「ほんと、教養ってのがないよね」佳織は鳩尾《みぞおち》のあたりで腕を組んで応じた。「千人針には五銭硬貨を縫い込むことがある。『死線』を越えて、大切な人が無事に帰ってこられるようにって思いがこもってるの。それが神社でお賽銭に五円玉を投げる習慣とくっついちゃって、現代まで伝わってるってわけ」

「……なるほど」梅森は一応納得したようだった。

「ほら、だから俺の言った通りだったろ。呪いだの心霊だの、馬鹿馬鹿しい」

「松川、郷土史みたいなこと一ミリも言ってないよね……？」穏やかさの化身のような顔で、また竹内が松川に針を刺す。

「……というわけで」佳織は椅子に座っている良と目線の高さを合わせて言った。「こんな郷土史研究みたいなこともしてる部活があるんだけど……安井くん興味ない？」

「あ、やっぱりそこに繋がるんだ……」

「どうかな？　綺麗になった図書室の談話室も使えるようになったし」

「でもこの流れってちょっとまずい気がする」

「……まさか」佳織の笑顔が強ばった。

「先回りしてみよう」良は席を立ち、教室の扉の前に立った。その直後だった。

勢いよく扉が開いた。

良の目の前に、学校でたった一人の、髪を派手な金色に染めた女子生徒がいた。

「マジで……？」

「うお、チャールズ」

他でもない、科学部唯一の地面に足を着けている部員、木暮珠理だった。

「今日はどういったご用件で……」

「ちょうどよかった。次のプロジェクトが決まった。お前……」

「木暮さんっ！」大股で歩み寄ってきた佳織が、良と珠理の間に割って入った。「あなたA組でしょ？　もう休み時間終わるから。早く戻ったら？」

「支倉さあ……」緩く癖のついた金髪の根元のあたりを摑むようにして珠理は言った。「世の中にはみんなで守ると得をするルールと、守るやつだけが損をするルールってのがあんだよ。学校の規則なんてのは全部後者だ。もうちょっと肩の力を抜いて生きろ、な？」

「それ校則とかの話で時間割関係なくない？」

即座の反撃に、珠理は斜め上に目線を逸らし、腕組みし、頷いて応じた。「それもそうだな。お前が正しい」

「……そう。わかればいいの」

「そもそも関係ねーけど」珠理は拍子抜けしているらしい佳織を躱《かわ》してF組の教室に入って良の前に立った。「チャールズ、今日放課後化学室な！　おもしれーもんが出てさ」

「それなんだけど」良は顔の前で手を合わせた。「ごめん。今日は無理。実は……妹が来るんだ。東京から」

ブラックライトで照らした妹・多紀乃からの手紙には、『ママの新しい彼氏がマジで無理。助けて』と、蛍光不可視インクで書かれていた。

それを知った父・弘行は即座に動いた。良も後で知ったことだが、多紀乃が持ち、良が連絡先を知っていたスマホは、母・麻美《あさみ》が管理してメッセージアプリ等のやり取りをすべて監視していた。だが父は、万が一の連絡用にと別のスマホを多紀乃に預けており、心得ている多紀乃もそのスマホで、別のアカウントから、父に連絡を取った。

そして母が新しい恋人と二泊三日で温泉旅行に行く隙を見て、多紀乃は家出を敢行したのである。

放課後、良はバスで前崎の駅前に出て、仕事を早上がりした父と合流。一つしかない改札口で、行き交う人々をじっと睨《にら》んだ。そして事前に連絡があった電車の到着時刻になり、ややあって、セーラー服の制服を着て、大きなボストンバッグに振り回されるようにしてホーム階から改札階に降り立つ妹を見つけた。

父と並んで大きく手を振る。多紀乃は少し呆れたように片手を挙げ、改札を抜けた。

「久し振り」と良は言った。「ちゃんと電車乗れた？　迷わなかった？　混んでた？」

「いや、ちゃんと来てるじゃん。てかお兄ちゃん、相変わらず気が利かないよね」多紀乃は抱えていたバッグを父に押しつけた。「でも……一応、ありがと」

見えないインクで書いたＳＯＳのことを言っている。伏し目がちな多紀乃が伝えたいことは、言葉が足りなくても手に取るようにわかった。

「まさかあんな書き方するなんて思わなかった」

「手紙、ママに検閲されてるから。お兄ちゃんが気づいてくれなかったら、まあ、いいかなって思ってたし」

「検閲……？　じゃあ、僕からのも母さんに読まれてたってこと？」

「……近くに車停めてるから」多紀乃の鞄を軽々と片手で持った父が言った。「晩ご飯まだだろう。何か食べに行こう」

多紀乃は歯を見せて笑う。「どうせ外食ばっかなんでしょ。ほんとに料理してるの？」

「してるさ。良は味付けがなってないからな。あれじゃ病院食だ」

「父さんは包丁が雑だろ。多紀乃聞いてよ。父さん、トマトのへたのところも切らないんだよ？　どう思う？」

「それは……ありえない」

「野菜はなるべく余すところなく食べるのがいいんだ。お前たちもそうするといい」

「切るのが面倒なだけだろ……」

「なんか不安になってきたんですけど」多紀乃は苦笑いした。

小雨が降る中、駅前にいくつかあるコインパークに向かい、良は多紀乃と並んで後部座席に座る。そして父は車を全国チェーンのファミレスに向けようとする。だが多紀乃は「そういう気分じゃない」と言った。

すったもんだの末、最終的に向かったのは、テーブル席が多くファミリー客がよく訪れる、チェーンのラーメン店だった。地方都市のロードサイドに多く店舗を構えているが、都内には一店舗もない。

明るく、一人客と家族連れが半々くらいで賑わう店内。父はお手拭きで顔を拭いつつ言った。

「普段、食事はどうしてるんだ」

「普通になんか作ったり、ウーバーしたり」と多紀乃。後ろが少し膨らんだようなショートヘアは、横から見ると菱形のシルエットを作っていた。「ママ、夜、あんま帰ってこなくて、お金だけ置いてくこととか結構ある」

「父さんの先輩が言っていたんだがな、あの手の食事配達サービスを頻繁に使う人ってのは、真っ当な生活リズムが崩れていることが多いんだそうだ。ＣＭでは真っ当な生活を送る忙しい人の手助けのように演出しているが、実態は違う」

「メンヘラってこと？　ママもかなりそうだし」

「言葉を選びなさい。口にした言葉は、いつか自分に跳ね返ってくる」

はいはい、と気のない返事をして、多紀乃はタッチパネルで手早く注文を済ませる。その慣れ方だけで、この二か月あまり多紀乃が送ってきた生活が目に浮かんでしまう。

良と多紀乃の母、麻美は、フリーのイラストレーターだった。新聞コラムの挿絵を担当したことをきっかけに父、弘行と出会い、結婚。一男一女――つまり良と多紀乃の兄妹に恵まれた。

多紀乃は現在一四歳で、中学三年生。一六歳で高校二年である良の二歳下になる。

良は、あまり妹の面倒を見た記憶がない。時間の自由が利く仕事だった母が、細々とした家事も子育ても一手に引き受けていた。一方で、多忙を極める仕事のために不規則な生活を余儀なくされる父。安井家は、両親が不足したところを補い合いながら上手くやっているのだと、まだ幼かった良の目には映っていた。

だがそんな母も、良の中学受験が終わり、多紀乃が塾に入るか入らないかという頃になると、お金とメモだけを残した夜の外出が増えた。

最初は、ちょっとしたイベント気分で、良も多紀乃を外食に連れ出していた。親のいない、子供だけでの食事は、それだけで特別な時間だった。だが次第に、浮かれた気分も沈んでいく。良は、ラッシュの電車に揺られて帰宅してから、母が残したお金を持って、近所のスーパーに食材を買いに行くようになった。そして、包丁遣いが危うい多紀乃と二人で台所に立つようになった。母がいなくなるのなら、その役目は自分が埋めなければならないと、直感的に理解しての行動だった。

やがて家庭からは、安らぎが失われていった。

母は、仕事ばかりで家のことを顧《かえり》みない父を大声で詰《なじ》るようになった。一方の父は、気障《きざ》か、あるいは社会派な物言いばかりしていたのが嘘のように、寡黙《かもく》になった。父はますます家に帰らなくなり、良はピーラーなしでじゃがいもや人参の皮を剝けるようになった。多紀乃は人の目を見るよりゲーム機かスマホを見ている時間の方が長い子になっていった。

浮気、という言葉を先に使ったのは、良ではなく、多紀乃の方だった。良ももちろん、家を出る時の母の華やいだ姿や、父が遠方への出張で数日帰らないとそれに呼応するように数日家を空ける母を見ていて、気づかずにはいられなかった。だが、良はスーパーの特売に目を光らせることで家の中にある現実から目を背けた。多紀乃はいつの間にか、自傷的で残酷な言葉遣いを身に着けてしまっていた。

良が高校に上がり、結局公立校へ進んだ多紀乃が多感な中学二年を迎えた頃、両親の口喧嘩に『離婚』の一語が使われるようになった。どちらが先に言い出したのかは今となってはわからないし、尋ねようとも思わない。それ以外に選択肢がないことは明らかだった。

子供たちが独り立ちするまでは、などと父が言っているのを盗み聞きしたことがあった。母の相手が仕事を通じて知り合った出版社の編集者で、しかも妻子ある人物なのだと良に教えたのは多紀乃だった。

家庭内での言い争いは、ある日を境として突然に静まった。それが関係の改善のためだと無邪気に信じられるほど、良も多紀乃も子供ではなかった。婚姻関係の解消に向けて法律関係者を交えた話し合いが開始されたためであり、その話し合いは『親権』の一語のために大いに難航しているのだと、気づかずにはいられなかった。

そして最終的に、良は前崎中央高校の転入試験を受けて父と共に前崎へ行くことになり、多紀乃は母と共に東京に残ることになった。

ラーメンに載った山盛りの白髪ネギを割り箸で摘《つ》まんで多紀乃は言った。

「こんなん切れないよね。やっぱり機械しか勝たん」

「厚切りの方がいいこともある」と父は機械で薄切りにされたチャーシューを箸で持ち上げる。

「価値観は多様だ。ラーメンとは、人生である」

「行儀悪いからやめろよ……」

はーい、と返事をして、多紀乃は黙々とラーメンを啜《すす》る。父が、多紀乃の器に自分のチャーシューを載せる。その多紀乃は、「いらない」と言ってチャーシューを良の器に移し、代わりに煮卵を奪っていく。この週末は新鮮な卵をゆで卵にして醤油ダレに漬けようと良は決意する。

母はずるずると音を立てて麺類を啜るのが嫌いだったな、とふと思い出す。家庭がまだ平穏だった頃、父はよく、母に麺を啜る音で文句を言われていた。

「ねえ、多紀乃」箸を休めて良は言った。「手紙も検閲されてたって本当?」

「うん。マジ。超最悪」ラーメンだけを見て多紀乃は応じた。「スマホは前から見られてたじゃん? だから手紙にしたけど、お兄ちゃんからの手紙、普通に封筒開けて私の机にあったし」

「この国では信書の秘密が保障されてるはずなのに」

「パパみたいなこと言うなし」顔を上げた多紀乃は砂でも噛んだかのような表情だった。

「明治憲法にも定められてる」日頃の習慣のためか、父は大盛りのチャーシュー麺を誰よりも先に完食して箸を置いていた。「親子とはいえ、よくないいな」

「ママからしたら裏切りみたいなもんだし。たぶん。知らんけど」麺を啜って多紀乃は続ける。

「ママ、パパのこと『安井』って言うんだよ。私も今の苗字は鈴木《すずき》だけど。正直まだ慣れない」

「母さんが連れてきた人ってのは、どんな人なんだ」

「野間口《のまぐち》さん？　なんか、ライターの人なんだって。ウェブライター」

「知ってる人？」と良が訊くと、父は首を横に振る。

「直接は知らない。系列のウェブメディアで、数字が取れると重宝されてる男だとは聞いていた。父さんたちみたいなオールドメディアの権化からは、あまり好かれてなかったな。文章に我や思想がなく、無難すぎた」

「ネット記事だったらそのくらいがちょうどいいんじゃないの」

父は頷く。だが、納得はしていないのだ。田舎に引っ込んでも、腹の底には記者魂を燃やしているのが、安井弘行という男だ。それは美点であり、同時に欠点でもある。

良は、ごちそうさまでしたと言って箸を置いた多紀乃に言った。

「野間口さんのこと、多紀乃的にはどうなの？」

「別に、普通」と多紀乃。「なんか、私のことは、恐る恐るって感じ。腫れ物扱いってこういうのなんだーってなった」

「端的に訊こう」父はテーブルに身を乗り出すようにして言った。「撫でられたり、触られたりは、したか？　お前の嫌な気持ちを無視するようなことを、野間口はしたか？」

沈黙があった。

眉を寄せる父。目を瞬《またた》かせる多紀乃。店内の有線放送が全国共通の流行歌を流している。

そして多紀乃は、吹き出してお腹を抱えて笑い声を上げた。

「いや、ないない！　そういうのじゃないから！　マジでウケるんですけど！」

父は表情を変えない。「本当か？　何を言っても、多紀乃の責任じゃない。父さんがどんな誤解をしても、それは多紀乃のせいではなく、父さんのせいだ。言えずにいることが、もしあるなら……」

「だからそういうんじゃないって！　お兄ちゃんなんとか言ってよ、もう」

「いや、だって、マジで無理って言うから、そういうことだったらどうしようって、僕も父さんも……」

「無理は無理なんだけど」一頻《ひとしき》り笑うと椅子に背を預けて息を整え、多紀乃は言った。「ママ、あの人のこと、好きでもなんでもないと思う」


金曜日の夜は長い。娘のためならばと父は土日の休みを確保しており、今日はとことんまで話し込む腹づもりのようだった。母と二人の暮らしぶりから最近流行のアイドルグループまで話題が転がる二人を横目に、良は引っ越し直後にリサイクルショップで買ったソファに座って、文庫本を片手に音量を落としたテレビのニュースを眺めていた。

野球の試合結果。政治家の失言。特殊詐欺に闇バイトの強盗事件。遠くの街の豪雨被害。いつも通りの驚くべき事々。

そしてソファの上に放り出していたスマホに珠理からの連絡があった。

『チャールズ明日暇？』

『暇だけど』『何かあったの？』

『おもしれーのが出たんだよ』

『休み時間に言ってたやつ？』

『そうそう』『これ』

珠理から何かのURLが共有される。観念して良は文庫本を置いた。

他でもない、旧針金山トンネルの心霊憑依映像だった。

タイミングがいいのか悪いのか、たった今まで読んでいたのはサルマン・ラシュディの『真夜中の子供たち』だった。教室で話したことを思い出し、良は返信を打ち込む。

『ハリコババァは戦後になっても帰らない息子の無事を祈って千人針を一人で縫い続けたおばあさんが元ネタらしいよ』『文倉さんが言ってた』

『文倉かよ！』犬か何かのようなキャラクターがそっぽを向くスタンプが貼られる。

父と多紀乃の話は続いていた。

「……なんかわかっちゃったんだけど。ママが新しい男の人と急いで結婚したがるのって、結局お金のためで、それってひいては私のためって感じで。めちゃくちゃ恩着せがましいっていうか……お前のために頑張ってる、察しろって感じが、マジで無理」

「母さんが、そう言ったのか」

「はっきりとは言わないけど、そういうのって大体わかるじゃん。イラストレーターのお仕事ってそんなに稼げないんだなーとか、でも普通に働くのは変なプライドが許さないんだなーとか、それで男はいいのかよって感じだけど」

「よくないと思っているから、認めてほしいんだろう。望んだ形と違っても懸命に頑張っていることを、誰かに認めて、褒めてほしいんじゃないのか」

「野間口さん、新しい男の人ね、すごいお金くれるんだよ？　会うたび五万とか一〇万とか。でもそんなの、パパ活と同じじゃん。ママも無理だし、ガチ恋して無邪気にお金渡しちゃう野間口さんも無理」

「多紀乃。言葉を選びなさい」

「だって……私、中学出たら働きたい。ママみたいになりたくない」

「……働くのは、お前が考えているほど楽なことじゃない。だからみんな、学校に通って、働くための準備をする。働くとは、人と企業の間で行われる価値の交換だ。しっかり準備した人ほど、企業から効率よくお金を分捕《ぶんど》れる。準備が足りない人は、企業にとって効率のいい、安値で使われる人材になってしまう」

多紀乃はむくれて返事をしない。相手の言っていることの方が自分の考えより正しいとわかった時、多紀乃はいつも口を閉ざして目を逸らす。

両親の離婚は揉めに揉めた。母は当初、良と多紀乃の二人とも自分が育てようとしていたのだ。そのために、財産分与として父の貯金の半分を要求した。だが父はそれを受け入れず、浮気を根拠に養育能力のなさを指摘した。すると母は主張を変え、家庭を顧みず家事・子育てを押しつけた慰謝料または対価として、やはり父の貯金の半分を要求した。そこで父は、財産分与もしない、代わりに子供は二人とも自分が引き取ると主張した。

子供の年齢が一五歳以上であれば、離婚にあたって、どちらの親と共に暮らしたいか子供に意見を聴取しなければならない。また同時に、子供は家庭における主たる監護者——子育てにより深く関与した側の親と暮らすのが望ましいとされている。当時、良は一五歳で、多紀乃は一三歳だった。そして、家庭における主たる監護者は、母だった。

最終的に、財産分与は行われなかった。そして良は父親を選び、多紀乃はどちらを選ぶこともできず、慣例や判例、通例、原則に従って母と暮らすことになった。本来、兄弟姉妹は引き離さない方が好ましいとされているが、裁判になって長期化し、良と多紀乃の今後に支障を来すことを避けるため、両親は互いに妥協したのだ。

そして父は娘に会えず、兄は妹と離れ、母は息子を奪われ金銭的にも追い詰められ、娘は孤独になった。

少し途切れていた珠理からのＬＩＮＥが再開する。

『怪談のネタ元はいいとして』『なんで吐くのか意味わかんなくね?』

『それは確かに』

教室では、支倉佳織に解説されたことで不思議な出来事の謎が解けたような気分になってしまった。だが、何一つ解けてなどいない。郷土資料館に展示されているという千人針の哀しい物語は、若者が悪霊に憑依されたかのように突然痙攣・嘔吐した現象の答えにはならないのだ。

『調べてみようと思う』

『科学部で?』

『おう』『実はちょっと関係者に伝手《つて》がある』

『関係者って何』

『動画に何人かチャラい連中が映ってるじゃん』

見た目ギャルな人がそれ言う、と一度入力してから消去し、『映ってる』とだけ返事をする。

『実はそのうち一人、あたしの不肖の弟でさ』『しょーもねークソガキなんだけど』

『マジで』『弟さんは呪われなかったの？』

『門限破りで父親にぶん殴られたけど』

『呪いより怖い』

『だろ？』悪巧みするように笑う犬のキャラクターのスタンプが飛んでくる。良も、正体不明な生物を象《かたど》ったキャラクターが大笑いするスタンプを返す。

ダイニングテーブルの父は難しい顔をしていた。

「野間口の人となりについては、父さんも昔の伝手を辿って調べてみる」

「……また奥さんいる人とかだったら、嫌だしね」

「多紀乃にそんな心配はさせたくなかった。すまない」

「なんでパパが謝るの？　悪いのママじゃん」

「いいとか、悪いとかじゃないんだ。こういうことは」

「意味不明」多紀乃は椅子の上で膝を抱えている。「ってか温泉旅行ってマジで何？　ドラマみたいでキモすぎなんですけど」

「一応、母さんには連絡しておくからな。お前がここにいること」

「え、やだ。日曜日中に帰ればバレないしいいじゃん」

「そういうわけにはいかないだろう。母さんが家に電話すればバレるぞ」

「家電ないし。ママが知ってるスマホにも連絡ないし。今頃二人でよろしくやってるし、パパから連絡したら逆に最悪だって。やめなよ」

しかしな、と父はスマホ片手に固まっている。

しばらく意味のないスタンプの応酬が続いても、珠理からのLINEは途絶えなかった。

『実はうちのバカ弟、今親戚の伯父さんのところに預けられててさ』『あたしも動画の話聞けてねえんだよ』

『親と喧嘩したから?』

『木暮家の習慣』

『なにそれ』

『喧嘩したらクールダウン』『あたしも結構伯父さんにはお世話になってる』

『なんかいいね』と打ち込み、親戚付き合いが希薄な安井家のことを思い返す。

前崎市は父の故郷であり、親戚も多い。小学生の低学年だった頃、夏休みに父に連れられて訪れたこともあった。先日も、転居の挨拶のため父と二人で『本家』と呼ばれている父の実家を訪問した。

養護教諭の新井奈々には、父が次男だからしがらみも薄いと説明した。だが、実態はもう少し複雑だった。『本家』において、東京から帰らずに勝手に就職し、勝手に結婚し、勝手に離婚して帰ってきた次男は、歓迎される存在ではなかったのだ。兄嫁や、父から見ての従兄弟《いとこ》筋の人々に、父は敬語を使っていた。実家は父にとって、くつろげる場所でも頼れる場所でもなかったのだ。

『弟迎えに行きつつどっかで合流しようぜ』

『明日？』

『そうそう』『昼頃に市役所らへんのファミレスでいい？』『こないだお前に説教したところ』

『弟さん連れてくるの？』

有名映画の殺人鬼をアレンジしたキャラクターが首が千切れそうなほど頷くスタンプが飛んでくる。『二人で事情聴取な。いい警官と悪い警官やろうぜ』

『僕がいい警官？』

『お前は悪い方に決まってんだろ』

どう考えても珠理は悪い警官の方が向いている。

画面に向かって苦笑いして、どう返信したものか思案する。気づけばテレビのニュースは終わっており、知らないドラマが流れている。

いつの間にか、話が終わったらしい多紀乃が良の背後に回り込んでいた。

「お兄ちゃん何ニヤニヤしてんの」

「なんでもいいだろ」良はスマホを伏せる。「父さん、明日の昼ちょっと出かけてきていい？」

「食事はどうするんだ？　外で？」

「うん。そのつもり」

「えっ、ちょっと待って、木暮珠理って」と多紀乃。隠したつもりの画面は、ＬＩＮＥの相手の名までしっかり見られていた。「手紙にあったあの金髪ギャルの木暮珠理さん⁉　やっぱ！」

「画面を見るのは……」

良の窘《たしな》めなど多紀乃の耳に入っていなかった。「パパ！　お兄ちゃんが女の子とデート！」

「何……？」父は立ち上がり、仕事鞄から財布を取り出す。「一六歳だったな。一万六〇〇〇円持っていけ」

「いや、違う、そういうんじゃない」

「相手がそういうつもりだったらどうするんだ。備えあれば失礼なし。違ったときの憂いは飲み込めばいい」

「新聞記者なら慣用句はちゃんと使えよ……」

多紀乃は良の座るソファを摑んで揺さぶる。「ヤバいヤバいヤバい！　デートデートデート！」

「だから違うって。珠理さんの弟さんも来るらしいし」

「あー、それ予定が変わって来れなくなるやつだー。絶対二人きりになるやつだー」

「だから違うって……そんなに言うなら多紀乃も来る？　あとら抜き言葉ね、それ」

「えー？　邪魔しちゃ悪いしぃ」わざとらしく指先を頰に触れて言う多紀乃。

ああもう、と応じ、良はＬＩＮＥに入力し、送信した。

『ごめん珠理さん、こっちも一人増やしていい？　不肖のバカ妹なんだけど』

翌日。土曜日のファミレスで、良は多紀乃を連れて、木暮珠理とその弟に向き合っていた。姉が金髪なら、弟は派手なツーブロックだった。前髪の一部まで刈り上げてトップを右に流し、アッシュ系に染めた髪型は、姉に負けず劣らず目を惹くものだ。そして、同じ髪型の少年は、確かに憑依嘔吐動画に映っていた。

「獅音《しおん》。あたしの弟」

その獅音は、「ちっす」とだけ言って、良の目を見ようともしない。その態度のために、早速姉に耳を引っ張られている。珠理に初めて会った日、思わず目を背けていたら顔を摑んで目線を合わせられたことを思い出さずにはいられなかった。あれはまだ穏やかなやり方だったのだ。

「安井良です。珠理さんの同級生で……」

「多紀乃でーす。妹でーす。獅音くん何年？　私中三」

「中一」と獅音は短く応じる。「つか、姉貴の友達って、康平さんか瀬梨荷さんじゃねえの」

「こいつ瀬梨荷大好きなんだよ」

「は？　ちげーし」

「将来は康平さんとこで働くとか言ってんの」

「別にいいだろ」

「康平のやつ、あれで結構野望があんだよ。クルマのカスタムショップ作るとかなんとか」

へえ、と応じる良。多紀乃が耳打ちする。

「康平さんって、科学部の幽霊部員の？」

「そうそう」

「獅音くんこないだまで小学生だったってヤバくない？」

「そういうこと言うなって」良は嘆息してスマホをテーブルの上に置いた。「獅音くん。この動画の現場にいたって本当？」

「は？　てめーも説教かよ」

「獅音！」珠理はまた弟の耳を引っ張る。「目上の人には敬語っていつも言ってんだろ！　もう一回！」

うるせーな、と応じる獅音。珠理自身が目上の人である科学部顧問・吉田計彦にしばしば敬語を使わずに話していることは黙っておくことにした。

獅音が現場に居合わせたのは事実だった。

一週間前の深夜、獅音を含む同じ前崎第三中学校の在校生とOB、合計七人のグループは、OBの知人が経営する市内のバー〈アンバランス〉に集合した。東京から帰ってきたという男のためにその知人が後輩たちに声を掛けて集まったうちの一人が、獅音だった。

いつもの大判ノートを開く珠理の隣で、獅音は写真やLINE、インスタを見せながらメンバーについて説明する。

市内の大学に通う大学生の、桑原陽人《くわばらはると》。塗装工の永井蓮登《ながいれんと》。前崎中央高校の二年生で、今回不運にもハリコババァの呪いを受けてしまった人物である、小池海翔。その海翔と同学年で、工業高校に通う土屋雄大《つちやゆうだい》。そして珠理の弟である木暮獅音に、その親友だという原一磨《はらかずま》。最後に、東京から帰郷したという元ホストの男、須永遙輝《すながはるき》。合わせて七人である。

須永の写真を見た珠理は首を捻っていた。

「ホストってもうちょいイケメンなのかと思ってた。髪型は派手だけど」

「瀬梨荷さんのコメントが欲しいね」良は頷いて応じる。「こういうの僕もよくわかんない」

「だな。この手は瀬梨荷だ」

「突然吐くようなことって何かあるの？　呪い以外で」

「一番ありえるのは、急性アルコール中毒じゃねーかな。映像見て、真っ先に思いついたのがそれだった」そこで珠理は隣の獅音を睨む。「お前飲んでねえだろうな」

「エナドリしか飲んでねえよ」

「東京から来たってなんかチャールズみてえじゃん」

「お兄ちゃんとはタイプ真逆ですけど」多紀乃が口を挟む。「獅音くんこれ何時？」

「夜中の一時頃」

「うわ、ヤンキーだ」

「別に、普通だし」

露骨に顔をしかめる多紀乃と通路の方まで顔を背ける獅音。

「車酔い……じゃあんな風に痙攣しないもんな」珠理は腕組みをしていた。「エナドリってどれくらい飲んだ?」

「さすがにクソ眠かったから、みんな二、三本は飲んでいたな。カイトくんは一気させられてた」

「なんか地味な感じだもんな」獅音のスマホを操作して写真を表示させつつ珠理は言った。「グループの中じゃいじられキャラって感じか。お前や原くんって年下がいんのに」

「一磨とかカイトくんのこと完全にナメてるし」

「年上にくん付けしてる君もナメてるよね」と多紀乃。

「るせーな。初対面のくせに説教カマしてんじゃねーよ」

「獅音! お前それあたしの友達に取る態度か?」珠理はまた弟の耳を引っ張る。「謝れ、多紀乃ちゃんに」

「……ごめんね、多紀乃ちゃん」

「ごめんなさい多紀乃さんだろ!」

痛い痛いと騒ぐ獅音。容赦のない制裁を下す珠理。好きにさせておくことにして、良はメニュー表を開いて多紀乃に渡した。

満足するまで騒いだ姉弟も加わって一通り注文を済ませる。

ドリンクバーのコーラ片手に良は言った。「……そういえば、須永さんだっけ。元ホストの人は、なんで前崎に帰ってきたの？」

「ヤバい連中に追われてるとか言ってた」そこで横の珠理に睨まれ、獅音は「言ってました」と言い直す。

「ヤバい連中ってなんだろ。ヤクザ？　ホストだったらそういうこともあるのかな……」

「フカしてるだけじゃねーの」と珠理。

「ホントは仕事クビになって帰ってきただけだったりして」と多紀乃。

「そんな感じはしなかったけどなー。蓮登さんが電話帳の連絡先に電話しようとしたら須永先輩マジギレしてたし」

「こっちではどうするつもりなの？　ホストクラブとかないよね」

「あるにしても世界が狭そう」多紀乃が言った。「逃げてるならすぐバレそうじゃない？」

「陽人先輩と商売するとか言ってたっす」敬語には納得していないとばかりにポケットに手を突っ込み、椅子に浅く腰掛け、良の前のテーブルあたりに目線を向けて獅音は応じた。

「陽人先輩って、大学生の桑原陽人さん？」

「そうっす」

「大学生ならそういうこともあるのかな……？」

珠理はドリンクバーの乳酸飲料が入ったグラスを傾ける。「エナドリ以外に食ったものとか飲んだものは？」

「みんなでラーメン食ってからあの店行ったんだよ。改装中とかで営業はしてなくて、コンビニでなんか菓子とか買って……あ、そうだ。さすがに眠かったからカフェイン錠剤一錠飲んだ」

「それだ！」珠理は音を立ててグラスを置いた。「小池も飲んだか？」

「四錠か五錠くらい飲んでたかな……なんか須永先輩が持ってて」

「その上エナドリだろ。あれもものによっては一缶あたり二〇〇ミリグラムとか入ってて、最近のエナドリはアルギニンも結構入ってるから、小池の体重は六〇キロとして……」珠理はテーブルの上に横向きで置いたスマホを忙しなく操作する。画面は電卓アプリだった。イコールボタンを押して、表示された数字に珠理は頷いた。「決まりだ。謎が解けたぜ、チャールズ」

「え、この流れで？　カフェインとか関係ないんじゃ……」

「あるんだなー、これが」珠理は人差し指を立てて言った。「急性カフェイン中毒だ」

チーズハンバーグに舌鼓を打ちつつ多紀乃が言った。「珠理さんメッチャ頭いいって本当だったんだね」

「そりゃ珠理さんだし」と良は応じる。

コーヒーなどに含まれる眠気覚まし成分として知られるカフェイン。近年ではエナジードリンクを始めとするカフェイン高含有量を謳う清涼飲料水がプロゲーマーやゲーム実況者を通じて若者たちの間に広まり、カフェインを主成分とする錠剤も薬局で普通に売られている。

しかし一方で、カフェインは短時間で多量に摂取した場合、急性の中毒症状が現れることがあるのだという。

　サラダうどんを食べる手を休めて珠理は言った。

「短時間にカフェイン単独で大体一グラムとか摂取すれば目眩《めまい》がしたり、心臓がバクバクしたり、手脚が震えたり吐き気がしたりといった急性症状が出る。ちょうど動画に映ってた小池の症状に似てるだろ？　それに、エナドリによく含まれてるアルギニンによって、カフェインの作用は強まることが知られてる。つまり、今回の事件の真相は……はい、チャールズ」

「ハリコババァの呪いなんかじゃない。お酒が飲めない若者グループがノリでエナドリやカフェイン錠剤を大量に摂取したことによる、急性カフェイン中毒である、ってこと？」

　珠理は頷いた。「と、考えていいんじゃねーかな。これも図書室の忌書《きしょ》や黄泉《よみ》からの手紙と同じく、理性で説明可能な科学現象だ」

「一グラムって一〇〇〇ミリグラムですよね」と多紀乃。「一〇〇とか二〇〇とか入ってるエナドリって実はヤバいってこと？　うわ、私たまに飲んでました」

「カフェイン自体はそんなに危ない物質じゃねえよ。風邪薬にも入ってるし。でも三〇分以内に二本とか三本とか飲まないだろ？　そういう普通の飲み方なら大丈夫。でもあれ、大体缶のデザイン的にヤバいものっぽい演出してるし、そういうヤバいものをどんどん飲む俺カッコいいぜとか考えちゃう馬鹿もいるんだよ。な、獅音」

「別にそんなんじゃねーし」獅音は鉄板に載ったミックスグリルだけを見て応じる。

「週明け支倉さんに教えてあげなきゃ」と良。「結構怖がってると思うし」

珠理は眉を寄せる。「なんであいつの話が出んだよ。勝手に怖がらせとけ」

でも、と抗弁しようとすると珠理の鋭い睨みが飛んだ。致し方なく話題を変えることにする。

「そういえば……支倉さんとか、珠理さんとか赤木くんとか、瀬梨荷さんも、みんな出身中学同じなの？」

「まあな。ここそんなに高校ないし。康平が来たのはびっくりしたけど、支倉とかはまあ中央高校だろうと思ってたし、瀬梨荷はあたしが勉強見てたし」

「今度の七人もみんなそうなんだよね？」

「だな。狭い世界だろ」

「ちょっと、羨《うらや》ましさもあるよ」良は黒酢味の絡んだ唐揚げと野菜を箸でつつく。「僕、中学から私立の一貫校で、学区から離れてたから、地元の知り合いみたいな繋がり全部切れてるし」

「そのくらいがちょうどいいんじゃね」と珠理。「結構しがらみだぜ。この街にいる限り、同じ中学の繋がりって一生ついて回るし」

「あ、そうだ」多紀乃がフォークを置いた。「ちっちゃいヤンキーの獅音くんに訊きたいんだけど、やっぱり道の向こうから知らないヤンキーが歩いてきたらオメーどこ中だよって訊くの？」

「そういうこともあるけど」獅音は多紀乃に訝しげな目を向ける。「ちっちゃいってなんだよ」

「中一でしょ？　私の方が背も高いし？」

「……ぜってー追い越す」

「前に父さんが言ってたんだけど、それって名刺交換みたいなものらしいよ」良はどうしてか得意気な多紀乃に言った。「中学の学区ってそのまま地縁だろ？　どこ中だよってのは、その地縁が作る集団のどこに所属しているかを明かして、利害関係とか敵対関係とか、共通の知人とかがいるかを探るための、コミュニケーションの初手にうってつけの質問なんだって」

「まーた社会派かよ」と珠理。

「お兄ちゃんさあ、段々パパに似てきたよね……」

「そんなことないだろ……」

多紀乃ちゃん、と珠理は言った。「こいつ学校でもこんな感じだけど、家でも？」

「一緒に暮らしてた頃はここまでじゃなかったような」

「やめてよ……」と良。変わっているとしたら父親がよく喋るようになった影響だが、あまり考えたくなかった。「そんなことより、怖くないの？」

「怖いって？」と珠理。

「だって、友達の友達くらいの距離感に、ヤクザに追われて逃げてる人がいるんでしょ。遠いはずの世界がすぐ近くにあるってのは、僕はすごく怖いんだけど」

「田舎ってことだろ、ここは。そんなもんだよ」珠理は食事もそこそこに、ぐずついた曇り空の続く窓の外を眺めて溜め息をつく。「なんか今、初めて、お前が東京で暮らしてたってことが実感できた気がする」

「そうかもしれないけど。僕、人より世間知らずだし」

すると、多紀乃がおずおずと、珠理が広げていたままのノートを指差しつつ言った。「正直、私もちょっとびっくりした。グループのこの七人、高校卒業以上の年齢で、大学生じゃない方が多いし」

「大学って遊ぶために借金するバカの行くところなんじゃねーの」と応じたのは、獅音だった。

「考え方は色々だからね」良は二人の中学生に向け言った。「当然大学に行く文化もあれば、そうでない文化もあるってことでしょ。選択は自由だ。でもその後の人生がハードモードになるかベリーハードモードになるかは学歴で決まるって聞くよ？」

「それもまた一つの考え方だろ」と珠理。その話は終わりとばかりに、何か表示させたスマホを隣の獅音に見せた。「カフェイン錠剤ってこういうの？」

「いや、こんな色ついてるのじゃなかったけど」

「じゃあ海外産か……？」

「色って？」と良が訊くと、珠理はスマホをテーブルに置く。

国内の製薬メーカーによるカフェイン錠剤の商品ページだった。茶色系の色合いの外装箱と、シートに入った錠剤の写真がある。

「薬局で売ってるカフェイン錠剤って、色素でコーヒーっぽいイメージの色をつけたコーティングがされてるんだよ。箱もそういうデザインだろ？　カフェイン自体は白いから、こういうのは商品の工夫だな」

獅音が細く整った眉を寄せる。「真っ白だったしなんか袋に入ってたけど。押して出すシートじゃなくて」

珠理は深々と溜め息をついた。「お前さあ、そんな怪しいもんホイホイ飲むんじゃねえよ。腹痛くなんなかった？」

「なった……ってなんで知ってんだよ姉貴。二時間しか寝てねーし」

「カフェインの典型的な副作用だよ。腹痛で済んだからよかったけどさ、睡眠薬で強盗とか性的暴行とかされてたら洒落になんねーぞ」

「うるせえ」

「うるせえじゃねーんだよ……」今度は耳を引っ張ることもなく、珠理は片手で前髪を掻き上げる。「錠剤の現物ある？」

「確か……一磨が何個かパクってたと思う。訊いてみる」

「よっし」珠理は頷いて言った。「チャールズ、週明け一応分析してみっから、お前付き合え」

「カフェインなんでしょ？」

「だと思うけど、一応な。小池のやつもどうせ救急車呼んで胃洗浄で安静だっただろうし、そっちは週明け小池が出てきてたら康平に話聞かせるか」

「すっご」と多紀乃が言った。「ほんとに分析とかするんですね。大学の研究者みたい」

「そんなんじゃねーよ」

「でも珠理さん、将来研究者とか化学者？　とか似合いそう。この前の中間試験、理系クラスで一位だったんだよ」

すげー、と多紀乃が声を上げる。

進学校であるためか、前崎中央高校では定期試験が行われるたびに科目別と総合の成績優秀者上位五名の名前が廊下の掲示板に張り出される。文系クラスは、東京時代の貯金を取り崩した良が五位で、支倉佳織が三位だった。そして理系クラスの一位には、木暮珠理の名が燦然《さんぜん》と輝いていた。良は驚いたが、一年の頃から日常茶飯事であるらしく、周りにはいつものこととして受け止められていた。

だが当の珠理は、嬉しいでも誇らしいでも恥ずかしいでもなく、まるで関心を抱いていないかのように言った。

「それがなんだよ」

「なんだよって……すごいし、立派なことだと思うけど」

その時、スマホを弄《いじ》っていた獅音が言った。「救急車呼んでねえよ?」

「嘘。あんなヤバそうな痙攣とかしてたのに?」と多紀乃が応じる。

「須永先輩がなんか呼ぶなって。呼ばれてたら俺も補導されてたし……」

「じゃあ動画の最後でヤバいヤバい言ってるのって、心霊的な何かがってわけじゃないんだ」

良はもう一度件の動画を再生する。

『お前撮るな。これガチでヤバいから』と、カメラに近づいてきた金髪がまだらに染まった若者が言う。これが元ホストで、危険な人々に追われて東京から前崎に逃げてきたという、須永遙輝である。さらに彼は、『いいから撮るな！　カイト車に乗せろ！　やべえって言ってんだよ！』と続ける。カイトとは、前崎中央高校二年の小池海翔のことである。

「ヤバいって、補導のこと言ってるのかな」多紀乃が腕を組む。「なんか、それにしては切迫感あるっていうか……」

「須永って人、実は滅茶苦茶怖がりなのかな」と良。珠理の方を窺《うかが》って続ける。「支倉さんみたいに」

だが、珠理はいつものようには反発しなかった。代わりにスマホの画面で時間を確認して立ち上がった。

「あたしもう行くわ。獅音、ちゃんと家帰れよ？」

「帰るよ。うるせーな」獅音はぶっきらぼうに言って、珠理を通すために立ち上がる。

「珠理さん帰るの？」

「今日バイトあるから」珠理は獅音にお金を渡すと片手を挙げる。「じゃあな。また学校で」

そう言い残し、珠理は店内を小走りに抜けて店を後にする。

窓越しにその後ろ姿を見送った獅音が、店内に目線を戻して言った。

「さっきの話なんすけど、うち、大学とか基本ＮＧなんすよ」

「……行け、じゃなくて？」

「なんか、親父が、バカになるから行くなって。特に姉貴は、女だし」獅音はうるさい姉が消えたのをいいことに早速姿勢を崩してスマホを弄り始める。「俺はいいんすけどね。ぶっちゃけ行きたくねーし」

たった今まで珠理がいた席には、まだ食べかけのサラダうどんが残されていた。

夜、肉じゃが、焼きナス、冷奴、サラダの食卓に着いた多紀乃は、怒り冷めやらぬ様子だった。

「意味わからん！　今時女は大学行くなとかどこの田舎!?」

「田舎だけどね、ここ……」

二本目の缶ビールを開ける小気味いい音を響かせて父が言った。「現在の日本の大学進学率は六割弱。裏を返せば四割強は大学には通わない。加えて、日本で一番子供の多い東京の大学進学率は八割近い。低い県だと四割程度になる。この街なら、進学校でも大学進学を選ばない子がいても不思議じゃないさ」

父の淡々とした理屈にも多紀乃は食い下がる。「でも珠理さん、超絶頭いいんだよ？　勿体《もったい》ないじゃん。東大とか絶対余裕だし」

「インフレと親世代の賃金の伸び悩みによって、地方出身者が東京の大学に通うハードルは上がり続けている。今の大学生は、生活と学費のために奨学金とアルバイト漬けになるのが普通だ。理系なら特にね。奨学金の申請には当然、親の同意や収入証明書の提出が必要だし、もしも親が非協力的な家庭の子なら、大学進学は昔より今の方が困難を極めるだろうな」焼きナスを摘まみつつ父は缶ビールを呷《あお》る。アルコールが回った父は、いつもより饒舌《じょうぜつ》だった。「収入証明書が鬼門になることもある。自営業者の場合は確定申告書か。親たちは、奨学金申請のために、雑な経理処理のどんぶり勘定で作った、有り体に言えば脱税してる確定申告書に審査が入ることを嫌うんだ。それを彼らが高校生に説明することは決してない。私大の特待生にでもなれば話は別だが、どの大学でも狭き門だ。地方の進学校のトップであろうとも、東京の名門中高一貫校との戦いになれば、勝てるとは限らない。そもそも勝負がフェアじゃないからだ。良、なぜかわかるか？」

「一貫校は五年でカリキュラムを終わらせて、最後の一年を受験に使う」と良は応じた。直近の定期試験でさえ、良はその効果を思い知っていた。「実績から来る指導のノウハウもあるし、明らかに有利で、フェアじゃないよね」

父は直箸《じかばし》で肉じゃがを取り皿に移す。多紀乃の抗議は無視していた。「予備校だってそうだ。良もそのうち知るだろうが、名物講師はみな東京近郊で授業をやるものなんだ。教室で彼らの話を直接聞き、自習室で同じ目標を持つライバルと切磋琢磨する環境と、録画された映像をヘッドホンで聴きながら見るのとではまるで違う。そもそも、東京近郊住まいなら、東京の大学を受験するのに新幹線や飛行機に乗る必要も、宿泊する必要もない。すべてにおいて、フェアじゃない。だが、点数以上にフェアな方式が存在しないのもまた事実だ。他よりマシだから不本意ながら資本主義を選択せざるを得ないように」

「推薦とか、AO《エーオー》とかあるだろ」

「面接官受けのいい学校外での体験や経験を積みやすい土地はどこだ？　ボランティア。留学。

資格取得。それらのロールモデルとなる人々が集まっているのはどこだ？　明らかに東京だろう。父さんは、ＡＯよりも点数で線引きする方がまだフェアだと思うがな」

そっか、と良は応じる。そして今聞いたことは学校では話さないことを決意する。内容はともかく、これを受け売りしてはまた社会派だと笑われそうだった。

代わって多紀乃が言った。「このへんって、女の子は大学とか行くな！　家にいろ！　って風潮なの？　昭和すぎない？　田舎って最悪」

「父さんがお前たちくらいだった頃は、女子は出ても短大だったな。今は全く違う。大学進学率は、男子の方が一貫して高いがその差は数パーセントだ。だが一つ、考えなきゃならんデータがある」三本目の缶ビールに手を伸ばした父はますます饒舌になる。「女性の未婚率は、学歴が高いほど高い。親の価値観も、若い人の価値観も変わり続けているから、何を幸福と捉えるかはその人次第だ。だが、未婚率が上がる属性を獲得せず、結婚し子供を育て、家計の助けになる程度にパートで働き主たる家計支持者を支える生活が不幸であると断じることは、必ずしも正しくない。子供にそれを願うことも、その願いによって不幸になる人がいるとしても、間違っていると断言することはできないと父さんは思う。社会部の同僚には、それこそが悪だと信じるタイプもいたが。多紀乃はどう思う？」

「どうって言われても……」多紀乃は肉じゃがのしらたきを丁寧に取り除いていた。「よくわかんない」

「考えることだ。時間はある。ただ一つ、はっきりノーと言えるのは、周りのせいにする理屈を考えることだけに必死になることだ。下した決断の数、固めた決意の数だけ、人生は自分のものになるからな」

「……なんかいい話風になったけど」多紀乃は口を尖らせている。

「まずしらたき食べたら？」と良は横から言った。

「やだ。しらたきと椎茸は絶対食べない。幸せになるための私の決断だから」

「そんな大袈裟な……」

「そうだ、多紀乃」父は席を立ち、充電ケーブルに繋いでいたスマホを持ち出して言った。「母さんに連絡した。もう何日かいていいそうだ。学校には母さんの方から連絡するって」

多紀乃は顔を跳ね上げた。「は⁉　ママに言ったの？」

「言わなきゃ仕方ないだろ。父さんは多紀乃を誘拐したことになる」

多紀乃は箸を置いて湿っぽい溜め息をつく。父の行動については一応納得したようだった。

「最悪。絶対家で野間口さんとよろしくやるつもりじゃん」

「その野間口だが、父さんの昔の仕事相手経由で独身であることは確認が取れた。また妻子ある相手というわけではなさそうだ」

「……ふーん」

納得していない様子の多紀乃に良は言った。「応援してあげてもいいんじゃない？　無理にとは言わないけど」

「余計なお世話だから。お兄ちゃんは珠理さんと悪霊憑依の謎でも解いてればいいじゃん」

父はまたビール片手に戻っている。「図書室の呪いの次は悪霊憑依なのか。最近の高校生活は随分と刺激に満ちているじゃないか」

「いや、悪霊じゃなくて……」と応じた時だった。

連想が繋がってアイデアになった。良は言った。

「父さん。珠理さんのこと、取材してみない？」

「噂の金髪ＪＫ科学探偵をか？」

良は頷いた。「図書室の件なら保護者の注目も高かったんだろ？　新聞記事に珠理さんが出れば、それは課外活動のわかりやすい実績になるし、ＡＯ入試とかにも有利になるだろ」

「……取材先としては魅力的だが」父は中身を残した缶ビールをテーブルに置いた。「果たしてあの子自身はそれを望むのかな？」

翌日曜日は天候に恵まれ、父が運転する車で市の北方にある山の方へ向かった。葛折《つづらお》りの峠道を抜けた先には、このあたりでは一番の観光名所である湖があった。世代を超えて根強い人気のある漫画の聖地でもあるらしく、キャラクターを印刷した看板や劇中に登場する車両に寄せたファンの車を多く見かけた。一般的には、海のない県内では珍しい水辺のレジャーが楽しめる土地であり、陽光を受けて煌《きら》めく湖上には多くのボートやカヌーが行き交っていた。

近くにある温泉街を散策して昼食を取り、午後は市内に戻って大型ショッピングモール〈フレンテ前崎〉へ足を運んだ。先日の〈グリーンモール前崎〉より規模は少し小さく、設備は少し古い。しかしシネマコンプレックスを併設しており、隣にはこれまで見たことがないほど巨大なアミューズメント施設があった。買い物をするぞ、なんでも好きなものを買ってやるぞと意気込んでいた父だったが、結局多紀乃の興味はモールよりもゲームに向いてしまった。

クレーンゲームと格闘する多紀乃とその後ろで小銭を数える父を置いてアーケードゲームの薄暗いフロアに行くと、意外な人物に遭遇した。

「おおっ、ヤッシーじゃん」と言ったのは、梅森永太だった。その隣には、つまらなそうな顔をしなければ死んでしまうとばかりにつまらなそうな顔をした松川博斗。そして彼ら二人をギャラリーのようにしながら、ロボットが対戦するゲームで華麗に敵機を蹴散らしていたのは、竹内淳也だった。

話を聞くに、元々梅森が好きなゲームだったのだという。しかし最近新規実装されたキャラクターの声優が竹内の最推しであったことから、勝利時のボイスを聞きたくてたまらない竹内がめきめきと腕を上げ、とうとう梅森をギャラリーにするまで上達したのだという。

その梅森が、さらに意外な名を挙げた。

「元々小池が、ここの大会とかじゃ敵なしの最強だったんだよ。俺も散々ボコられたし」

「小池って、小池海翔くん？」

そうそう、と梅森。筐体《きょうたい》の前に座った竹内は、乱入してきた相手を見事に倒して歓声を上げている。

これ見よがしな溜め息をついて松川が言った。

「小池のやつ、大学行かずにプロゲーマーになるとか抜かしてた。それで俺は見限ったがな。eスポーツはスポーツだから、体育会系だ。体育会系は敵だ」

「もうちょっとフレンドリーでもいいんじゃないかな……」

「でも小池くん、最近全然見ないね」と竹内。「なんか先輩によく呼ばれるようになって、こっちには顔出さなくなっちゃったんだって。一回対戦したかったなあ」

松川は腕組みして画面を見下ろしている。「大体こんなもの、何が楽しいんだ。何もないところから銃やら剣やら湧いて出る。なんだこのビームは。意味がわからん」

竹内が苦笑いで応じる。「その割に声かけたら絶対来るよね……」

うるさい、と応じた松川が竹内の脇腹の脂肪を突き、竹内はゲームのキャラクターの声真似をしながら「もうやめるんだぁ！　ヘェア！」と騒いでいる。呆れた梅森に「ヤッシー今日はどうした？」と訊かれ、「父親と妹と来ててさ」と応じる。

頭では別のことを考えていた。

小池海翔。動画の中で嘔吐し全身を痙攣させる姿が目に焼きついていた。

「ねえ、その小池くんのプロゲーマーになるって話、どれくらいの真剣度だったの？」

「結構マジだったと思うぜ」と梅森。「理系だけど、文転するつもりだったらしいし。受験の科目少ないから。で、一応大学に行って親を納得させつつ、ゲーム漬けの大学生活を送るんだとかなんとか言ってたの聞いたことある」

それが度々先輩に呼び出されるようになり、ゲーセンにも姿を見せなくなる。木暮獅音は、同じ中学校のグループの中ではいじられキャラだったと言っていた。中学生である獅音や、原一磨という獅音の親友さえ、年上の高校生である小池海翔のことを下に見ていた。

そしてプロゲーマーといえば、毒々しい色使いのエナジードリンクだ。

きっと小池は、先輩たちにプロゲーマー志望であることを知られ、そのことでずっといじられていたのだ。当日も、眠気を訴える彼は、プロゲーマーなら飲めよ、と言われて無理にエナジードリンクを多量に飲まされたのではないか。そして錠剤を併せて摂取したことで急性カフェイン中毒になり、肝試しの最中に突然嘔吐するに至ったのだ。

移ろう時代と若者文化の中から生まれた新しい職業。だが、その文化は、すべての若者が共有しているわけではない。特に塗装工として働く男や元ホスト、彼らと親しいが自分は同類ではないと思っている大学生などからは、嘲笑の的になってしまうだろう。

スマホが震えた。多紀乃から、ネットで人気のキャラクターを象った大きなぬいぐるみを両手で抱えた写真が送信されていた。

梅森が言った。「そういや例の、小池のハリコババァ憑依動画も科学部で調べてんの?」

「うん。でも、大体解けた」良はスマホをポケットに収めた。「待ってて。週明けにはいい報告ができると思う」

「……違うスポットがあったんだよ」と珠理は言った。

週明けの放課後、小池についての新情報を伝えようと向かった化学室では、木暮珠理が難しい顔をしていた。

前崎市は梅雨空で、その日も朝から弱い雨が降り続いていた。原付バイク通学の康平が雨が止んでいるうちにと急いで帰宅してしまった一方、低気圧で怠《だる》いという瀬梨荷が、実験台にエアピローを置いていつものように脱力していた。

一方珠理はというと、ドラフトチャンバーの前で金髪を後ろで束ね、白衣を着て保護眼鏡を装着し、耐熱手袋を着けた姿でガスバーナーでガラス管を炙っていた。

そして、ガラス管が柔らかくなったのを見計らい、珠理は一気に両腕を広げてガラスを引き延ばした。

「何してるの、それ……」

「キャピラリー」珠理はガスバーナーを消すと実験台に移動し、金属やすりを使って針のように細長くなったガラス管、彼女が言うキャピラリーを切断していく。「これくらい細いとごく少量の液体を毛細管現象で吸い上げるのにちょうどいいんだよ。で、これを……」

珠理は耐熱手袋をゴム手袋に替え、ドラフト内の端に除けて並べていたいくつかのビーカーの一つを手に取る。そしてキャピラリーの先端をビーカー内の液体に漬けて吸い上げ、実験台の上にあらかじめ並べていた、白いコーティングがされた付箋大のガラス板の端に当てることを繰り返していく。

薄層クロマトグラフィ、略してＴＬＣという分析手法なのだという。

分析したい未知物質が含まれる液を、ごく細いガラス管の中に毛細管現象で吸い上げられるほどのごく少量だけ点を打つように板の上に落としていく操作、または打たれた点のことをスポットと呼ぶ。珠理はガラス板に試料をスポットしていくことを繰り返し、シャープペンシルで目印を書き込んでいく。そして最後に、ピンセットでガラス板を摘まみ、少量の液体が入った透明な広口小瓶にそっと入れた。

「板の上にシリカゲルが塗布されてて、物質に固有のシリカとの馴染みやすさで分離するんだよ。似た構造だと結果も似ちゃうんだけど、ちょっとした化学構造の違いでも大きく変わったりする。入ってる液体、展開溶媒っていうんだけど……」珠理は小瓶の底を指差す。内壁に立てかけられたＴＬＣ板の表面が、下から徐々に濡れて半透明になっていく。「こっち次第で物質のＴＬＣ上の移動速度が変わるから、何を見たいかでアレンジは必要だな。上まで行っちゃったりいまいち上がんなかったり。水に溶けるものと脂に溶けるものとあるだろ?」

「分析してるのは……これ?」良は実験台に置かれていた袋を取った。

中には、白い三角形の錠剤のようなものが五錠ほど入っていた。薬局で処方されるものより少し大ぶりで、形のせいもあってかお菓子か何かのように見えた。

珠理は頷く。「須永たちからくすねてた原一磨くんってのから、獅音を通じて入手したもんだ。で、乳鉢で粉砕して、熱水に溶解させて、分液漏斗《ろうと》に入れて、クロロホルムで有機層に溶けるものだけを抽出して脱水して……」使用済みらしい実験器具を一つ一つ指差す珠理。最後に二つ並んだ栓つきの小さな三角フラスコを指差した。片方には錠剤と同じ三角形が、もう一方には『標』と書かれている。「まあ要するに、カフェインだけが入っているはずの液体がこれ。ヨッシーに言ったらどこからともなく出てきたカフェインの標準品を溶かしたものがこれ。TLCは、分析する試料溶液を左、真ん中に試料と標準溶液をダブルスポット、右に標準をスポットするのが一般的だな」

「ダブル？　なんで？」

「TLC上の動きの差が小さい場合に効くんだよ。同じ場所にスポットしておくと、似たような動きをするが実は標準品とは異なる物質が試料に含まれている場合に、ちょっとブレた二重の点としてはっきり見える」

へえ、と応じて良は言った。「分析って、なんかすごい機械とかじゃなくてこんなのでもできるんだ」

「一番早くて一番原始的、っていうか、高校の化学室と大学や研究機関が同じように使える数少ない手段かな。ここでできるのは定性だしこれだけで化合物を同定するのはちょっと信頼性に欠けるんだけど」

そう言うと、珠理は先程の小瓶からTLC板を取り出し、展開溶媒が吸い上がったところに線を引く。見る間に揮発《きはつ》し、濡れていた板はすぐに真っ白に戻った。

「……なんも見えないけど」

「あんま喋んな。タンパク質とかつくと結果がおかしくなるから」珠理は手で良を追い払う。「で、これだけでもUV、ほら、こないだのブラックライトみたいなのを当てれば物によっては見えるんだけど、もうちょい見やすくするぞ」

続いて、化粧水でも入っていそうなプッシュ式のボトルを珠理は持ち出した。中身は、緑とも黄色ともつかぬ色に染まった怪しげな液体である。

リンモリブデン試薬な、と珠理。その黄色い液体をＴＬＣ板に吹きつけると、今度はドライヤーを厳《いか》つくしたような道具を取り出す。

「ヒートガン。ロボット研究会から借りた」

「……ビームとか出る？」

「出ねえよ。熱収縮チューブに使うんだってさ」珠理は手袋をまた耐熱のものに交換する。そして右手にヒートガン、左手のピンセットでＴＬＣ板を摘まんでドラフトの中に両手を入れた。「五〇〇℃くらいになるから絶対に人には向けない。で、これでリンモリブデンに浸したＴＬＣを焼くと……」

ドライヤーにしては逞《たくま》しい送風音。明るい黄緑に染まったガラス板が熱風で乾き、程なくして、青黒い点が板の上に現れた。

「おおっ……これがカフェイン？」

珠理は頷く。「始点からさっき線引いたところ、展開溶媒が上がってった上端と、このスポットが出たところの比率をＲｆ値っていって、流れすぎない限り展開溶媒によらず物質に固有の値を取る」

焼いたＴＬＣ板を実験室用の使い捨て紙タオルの上に置く。他に二枚、同じように黄色に染まったＴＬＣ板が並んでいる。例によって三回繰り返し同じ実験を行ったようだが、いずれも同じような発色を呈していた。

保護眼鏡を外して髪を解く珠理。

ふと目を向けると、寝ていたはずの瀬梨荷が頰杖をついて何か心得たかのように笑みを浮かべていた。

その瀬梨荷に、髪に手櫛を通しながら珠理が言った。

「何ニヤニヤしてんだよ」

「別に？」瀬梨荷はまたエアピローに頭を預ける。「私や康ちゃん相手より楽しそうだなーって思って」

「おめーは寝に来てるだけだろうが」珠理は指示棒代わりのボールペンを手に、TLC板に視線を戻した。「で、問題は、ここ」

三枚並んだガラス板は、いずれも中心より高い位置に三つのスポットが生じている。つまり、試料、ダブルスポット、標準品のいずれも、カフェインが含まれているといえる。しかし、やはり三枚とも、試料とダブルスポットのみ、低い位置にカフェインと比較するとごく小さいがはっきりした別の変色点が見て取れるのだ。

一回だけならなんらかの夾雑物《きょうざつぶつ》かもしれない。だが三回続くのなら話は別だ。

「別の物が混ざってるってこと？」

「それもクロロホルムで抽出されるものが。他の錠剤成分かなって思ってごく一般的なカフェイン錠剤の成分調べてみたけど、他がセルロース誘導体とかばっかりだからクロロホルムに入ってるとは思えない。ごく微量のステアリン酸マグネシウムとかかもしれないけど、それにしては見えすぎてる」

「……それって、何が？」

「わかんねえ。でも、効かないかさ増し成分の類《たぐ》いじゃないと思う」

「粗悪品？」

「いくら海外はおおらかだからってこんな思いっきり別の成分入らないと思うけど……」

「じゃあ別の想像をしなきゃ」考え込む珠理を横から覗き込んで良は言った。「須永が、個人輸入したカフェイン錠剤を砕いて、何か別の物を混ぜて、もう一回押し固めた」

「なんのために」

「さあ……？」ただの思いつきであり、それ以上のことは良にはとてもわからなかった。

代わりに、梅森たちから聞いた小池海翔の話から自分なりに組み立てた想像を、珠理に伝えておくことにした。

プロゲーマー。エナジードリンク。先輩たち。同じ中学出身者のグループ内で、小池海翔の立ち位置は底辺に近く、中学生にも見下されていたこと。

「文転ねえ」想像通り、珠理は小池の行動には否定的だった。「そうやって文系に行って上手くいった例ってあんま聞いたことないけど」

すると、また起き上がっていた瀬梨荷が応じた。「やりたいことがあるならいいんじゃない？　お気楽だなーとは思うけど。大学行かなくてもできるじゃん、そういうの。半端な逃げ道だけは用意してるってことだよね」

「プロゲーマーが狭き門だから人生の選択肢を残しておくってのは、おかしな話でもないような……」

「ま、考え方によっては、逃避じゃなくて現実的な選択肢としてプロゲーマーを見てるとも言えるんじゃね。知らんけど」珠理は発色したＴＬＣ板を睨んでいる。

「優しいね」

「自分の人生をなんとなく、周りに言われたから、とかの理由で決めるやつが、あたしは虫が好かねえんだよ。そういうのに比べれば、小池はまだマシ。それだけ」

針を刺されたような心地だった。

東京にいた時から、なんとなく大学進学するつもりでいたし、勉強はしておいた方が今後の人生が上向くと思っていた。進学の意義について多紀乃に語る父の言葉には心底頷いていたし、疑問の余地もない当たり前の事実だと思った。だがそれは、裏を返せば、自分の頭で何も考えていないからなのではないか。

獅音から聞かされ、ずっと引っかかっていたことがあった。訊かずにはいられなかった。

「珠理さん、大学進学しないって本当?」

少しの沈黙があった。

珠理はゆっくりと顔を上げて良を見た。「そんな話、お前にしたっけ」

「獅音くんから聞いた。珠理さんの家、進学には否定的だって。そんなの勿体ないよ。今だって、高校生なのに、科学捜査みたいなこと一人でしてるのに」

「それなんかお前に関係あるか？」

応じた珠理の、目の冷たさに、背筋が凍った。父が言っていたことが脳裏に蘇った。果たして彼女はそれを望むのか。

だが、間違ったことは言っていないという確信もあった。こちらが正しいのに、威圧されたからといって黙る理由もなかった。

頭の中の半分が、言葉にブレーキをかけようとした。だが止まらなかった。

「僕の父さん、新聞記者って言ったじゃん。珠理さんに取材したいって言っててさ。ほら、この前の、図書館の件で。大人たちも手を焼いて、生徒たちには怪談話が出回った事件を華麗に解決した、科学部のリケジョ女子高生、みたいな」

「興味ねえな」

「そんなこと言わずにさ。新聞に載るみたいなはっきりした実績があれば、推薦とかＡＯ入試で有利になるかもしれないし……」

「おい、安井」珠理は白衣を脱ぐと実験台の上に放り出した。「どうせお前は一〇〇パー善意で言ってんだろ。だからムカつくんだよ。そのクソみてえな上から目線」

「珠理さん、あの……」

「帰る」

そう言い捨て、珠理は実験器具もそのままに、通学鞄を手に足早にその場を後にする。瀬梨荷が慌ててエアピローを手に後を追う。

追うべきだと思った。だが身体が動かなかった。自分が言うべきでないことを言ったことはわかっても、代わりにかけるべき言葉は何一つ浮かばなかった。

扉に手を掛けた珠理は、最後に肩越しに振り返って言った。

「あたしは、一人でやってるつもりはなかったんだけどな」

遅れて姿を見せた吉田に、話せることは何もなかった。すみません、と応じて良も下校することにした。

三階から一階。努めてゆっくり階段を下りても、知っている顔には出会わなかった。靴を履き替え、正体不明の像が建つ広場を抜けて校門を出て、徒歩一分のバス停から駅前へ向かうバスに乗っても、良は一人だった。

瀬梨荷からＬＩＮＥが着信していた。

『良くん地雷踏みすぎ』『明日説教ね。ガチめの』と書かれていた。『ごめん』とだけ返信した。既読になったまま応答は途切れた。

今にも雨が降り出しそうな曇り空だったが、まだ明るかった。日が伸びたせいだろうか。それとも、最近はいつも科学部の活動に巻き込まれて、帰りが遅くなっていたせいだろうか。

家に帰ると、「おかえり」と多紀乃が言った。数日はこちらにいることになった彼女は、ソファで俯《うつぶ》せになってゲーム機の画面に熱中していた。

だがその多紀乃が、画面を消してソファに座り直した。

「……お兄ちゃん、なんかあった?」

「何もないけど」

「嘘つけ。死にそうな顔してるけど」

「逆だよ」リュックサックを下ろして良は言った。「もう死ぬような目には遭わない。モルモットにもされないし、急に拉致《らち》もされないし、ヤバい金髪ギャルのパシリにもされない。これで平和な生活になる。せいせいした」

「ふーん」多紀乃はまたゲームに戻る。「お兄ちゃんがそれでいいなら別にいいけどなんだよ、と言うと、別にいいって言ってんじゃん、と多紀乃は応じる。それ以上問い詰める気にもならず、良は着替えて台所に立った。

十八時過ぎに父が帰ってきた。

「今日は早いじゃないか」とその父が言った。

「別に普通だろ。部活もやってないし」

すると手伝う素振りも見せない多紀乃が言った。「お兄ちゃん珠理さんと喧嘩したんだって」

「喧嘩? お前が?」

「別にそんなんじゃない」

「取材の話をしたのか」

「一〇〇パー善意で言ってる上から目線がムカつくって」良が言う間に父は居間に鞄を置き、

台所に入ってくる。

　そしてガスコンロの火を消し、換気扇も消した。

「何すんだよ」

「大事な話だ。入試の助けになるとも言ったのか」

「言ったよ。それが何か？」

　父は冷蔵庫を開け、缶ビールを取り出そうとして手を止め、冷蔵庫を閉じた。「お前のことだ。心から、彼女のためを思って言ったんだろう」

「そうだよ」良は包丁を置いた。「家がそういう方針だからって、あの人が進学しないなんておかしいだろ。僕とか、前の学校の友達とか、みんなそんなに真面目でもないしやりたいこともないのに全員進学するつもりだろ。なのに珠理さんが……」

「『地方』で『高卒』の人間は、『下』か？　彼女は『上』であるべきか？」

　締め損ねた水道から流しに水滴の落ちる音が、やけに大きく聞こえた。

　父は記者の顔をしていなかった。

「世の中には多様な人々がいる。何が正解かなんてわからないし、彼らの人生を不幸だと決めつけることもできない」

「それはわかってるよ」

「頭ではな。だが、身体に染みついたものはそう簡単に抜けるものじゃない。『上』だけで人間関係を固めていれば、上下のことなど考える必要はない。だが、自分には与えられているが全員に与えられているわけではないものに気づくには、お前はまだ若すぎる」父は大きく息をついた。「今お前が感じている腹の中のわだかまり。それが誰かを傷つけるということだ」

「……傷つける？」

「同質な集団にはいいこともある。その集団の中にいる限り、傷つけられることが少ない。でも代わりに、誰かを傷つけることに鈍感になっていく。多様な集団こそが正義というわけでもないけどな。誰も傷つけないための薄ら寒い笑顔ばかりが得意になる人間だらけだよ、世の中」

「世の中関係ないだろ。なんの話してんだよ。物申したいことがあるなら、記事にでも書いてろよ」

「個人は世間と無関係ではいられない。だが論じるより優先されるべきは、対話だ」父は三段目まで開けていたシャツのボタンを留め直した。「父さんが思うになあ、木暮さんから見たお前は、自分が欲しいものを全部持ってたのに、それに無頓着なムカつくやつだぞ」

知った風に言うなよ、と応じようとした。

代わりに良は蛇口に手を伸ばして、滴が落ち続けていた水道を止めた。

高校生が当たり前のように大学へ行く土地から来た少年がいる。そうでない土地に暮らす少女がいる。少年は、機会さえあれば彼女も当たり前に進学するものだと思っている。彼女が抱えているしがらみや困難は、彼の目には見えていない。

獅音から話は聞いていた。酔った父が語ったことで、知識も仕入れていた。だが、木暮珠理の中にある葛藤のことは知らない。ちゃんと想像しようとしたかと問われれば、答えはノーだった。

ゲーム機をいつの間にかスマホに持ち替えていた多紀乃が居間から言った。「何も事情知らないのに『やればいいじゃん、なんでしないの？』って言ってくる人ってめっちゃムカつくよね。よくわかんないけどそういう話っしょ？　お兄ちゃんそういうとこあるもんね。なんかママに似てる」

確かに、と父が頷く。「野菜炒めに入れる人参は厚みを均等にしろとかな」

「それは均等にしてほしい……」

「動物園から国立公園だっけ」多紀乃はスマホを見ながら言った。「動物は飼育員にお膳立てされなくたって交尾するし、お兄ちゃんもそうすれば？　うちら監視員としてもそっちの方が楽しいし」

父はまた冷蔵庫を開け、今度こそ缶ビールを取り出した。「明日朝一で謝っておきなさい。鉄は熱いうちに打て、傷は膿む前に洗え。時間は何も解決しないぞ」

そうする、と応じてまた良は包丁を持つ。まな板の上には切りかけのキャベツ。父は缶ビールのプルタブを開ける。

その時、多紀乃が「待った！」と叫んだ。

「今から行けば？　珠理さん今バイト先にいるらしいし」

「なんでそんなこと」

「獅音くんに聞いた」多紀乃はスマホを持った手を挙げた。「営業時間八時までらしいから、まだ間に合うよ」

「飲まなくてよかった」父は口をつける寸前だったビールを冷蔵庫に戻した。「良、行くぞ。車で送っていく」

「え、いいよ。晩飯の支度途中だし、明日で。そんな用事で親に送らせるなんて……」

「親でもなんでも使え」父は早くも車のキーを手にしていた。「木暮さんがいない学校生活なんか、つまらないだろ?」


珠理のバイト先までは、安井家のマンションから車で一〇分ほどの距離だった。

旧街道に沿った、大型スーパーと一〇〇均とコインランドリーが駐車場を共有する、無名のショッピングモールのようなもの。その隣に、ロードサイドの開発に抗うか、あるいは取り残されたように、床屋と洋品店と書店が三軒連なった建物がある。

気を利かせたのかスーパーで買うものがあると言う父と別れ、良は書店の前に立った。軒先には、厳つい黒の、年季が入ったスポーツカーが停まっていた。

〈しのはら書店〉という名だった。それでようやく、珠理がバイト先のことを話したがらなかった理由に思い当たった。もし知っていたら、ショッピングモールに入居している大型書店で本を買うことなどなかった。

隣の洋品店はシャッターが降りていたが、書店からは煌々と明かりが漏れていた。良は反応の悪い自動ドアを抜けて店内に入った。

「らっしゃーせー」と聞き慣れた声がした。

入口付近に書籍の新刊・話題書の台と雑誌コーナー。右手に文芸・文庫の列、左手に学習参考書や語学書、技術書の類いが並んでいる。奥のレジ付近に漫画類の棚があった。

文芸の棚から恐る恐る窺うと、制服の上からエプロンを着けた木暮珠理の姿があった。レジ台の上に参考書を広げ、難しい顔でノートに何か書き取っている。

落ち着け、と自分に言い聞かせ、書棚を目で追う。すると、うってつけの一冊があった。手に取ると、心臓の高鳴りが少し収まった気がした。

足音を殺し、レジの前に立って、その一冊を珠理に差し出した。

太宰治の『走れメロス』。最近刊行されたモダンな装丁の新装版文庫だった。

「すみません」

「はいはい……」珠理はペンを置いて顔を上げ、そして露骨に唇を歪めた。「誰に聞いた」

「獅音くんから、多紀乃経由で」

「あの野郎……」珠理は舌打ちする。

「……勉強？」

「家じゃ騒がしいし。ここ、伯父さんの店でさ。教科書販売と、そのへんの店が定期購読してる雑誌で回ってるから店舗は暇なんだって」

「表のすごそうなクルマって伯父さんの？」

「そうそう。R34《アールさんよん》とかいうらしいけど……知ってる？」

「いや全然。赤木くんが好きそうだね」

「あいつたまにあのクルマ目当てで来るんだよ。はた迷惑な……」

「そんなにすごいの？」

「らしい」珠理は端末で本のバーコードを読み込む。「……なんで『走れメロス』？」

焦ったときに『走れメロス』の文章を暗唱していることを正直に言ったら、また『文系極まってんな』と笑われそうだった。代わりに、思いついたことで応じた。

「太宰治って頭痛薬で自殺未遂したらしいし。ほら、カフェインって風邪薬にも入ってるって、珠理さん言ってたじゃん。それで思い出したっていうか……」

「ふーん……カバーは？」

「要らないです」

「袋は？」

「つけてください」

「三円な」と珠理。

こんな話をするために来たのではなかった。

会計を済ませ、椅子に座ったままの珠理から袋を受け取る。そしてまた参考書に戻ろうとする珠理に、良は意を決して言った。

「ごめん、珠理さん。昼間のこと。無神経だった」

「……それ言いに来たのか？」

良は頷く。

珠理の両目が無表情に良を見上げていた。目を合わせていると、次第に顔に血が昇ってくるのを感じた。鼓動が早鐘を打っていた。カフェインを過剰摂取したかのように。

今し方受け取った本の一節が脳裏に蘇った。

王は、憫笑した。「仕方の無いやつじゃ。おまえには、わしの孤独がわからぬ――」

「僕、恵まれてたから。珠理さんからしたら、鬱陶《うっとう》しかったよね。上から目線だった。ごめん」

「そうでもねーだろ。お前、親の離婚でこんな田舎に飛ばされてきたんだろ？　お前が恵まれてるなら、あたしはなんなんだって話じゃん」珠理の手元でペンが一回転する。「その、なんだ。あたしも悪かったよ」

「珠理さんが謝ることは……」

するとと珠理は、ペンを置き、ノートを閉じた。そしてノートの表紙を見たまま言った。

「……お前さ、科学部の元部員が全員あたしに追い出されたって話、聞いてる？」

「なんとなくは」

「支倉……じゃ、ないよな。あいつは本人がいないところでそういうこと言わないし」

「誰からかは言わない。でも、みんな言ってるとも言わないよ」

「誰でもいいよ。事実だし」珠理の指先が置かれたペンに触れる。前に転がす。後ろに戻す。

それを繰り返しながら珠理は続ける。「気に入らねえ連中だったんだよ。調査研究活動もしない。実験だってろくにしないし、やるとしてもおもしろユーチューバーがやってるようなのの真似ばっか。つまんねえからつまんねえって言ったら、ある時全員一度に退部届出しやがった。ヨッシーが泣きそうな顔してたよ」

「あの人、なんか時々そういうところあるよね」

「生徒が科学に関心を持つことが、あの人にとっては何よりの喜びだから。喜びすぎてガキになる」

「なってるなってる」

「一人じゃもっとつまんなかった」転がり続けていたペンが止まった。「瀬梨荷や康平はいたけど、あいつらとりあえず籍置いてもらってる数合わせだし」

「二人とも結構気まぐれだよね」

「お前のこと引っ張り込んだのも、それこそ気まぐれだよ。でもさ、なんか……思ってた以上に、全然違った。お前文系だし、モルモットみてーにぷいぷい鳴いてるし、なんか頓珍漢《とんちんかん》なことばっか言ってるけど、それでも、一人じゃないって、全然違うんだよ」

「科学部のプロジェクトのこと？　僕、ほんと何もしてないし、一番肝心なところは全部珠理さんが……」

「それはあたしがちょっと科学の心得があるってだけ。同じ課題に、同じ熱量で、同じように向き合う誰かがいるってことが、こんなに楽しいなんてあたし知らなかった」

昼間の化学室で交わした会話を思い出した。瀬梨荷は、良相手に一方的に説明する珠理を見て、いつもの眠そうな顔で『私や康ちゃん相手より楽しそうだなーって思って』と言っていた。

珠理は斜め下の方ばかり見ていた。目を見て話せよ、と彼女に何度言われただろう。

「だから、ちょっと過度な期待してたっていうか、他の人に言われてもスルーすることにマジギレしちゃったのはそういうこと！」珠理は会計台を叩いて立ち上がった。「はいこの話終わり！　帰れ！　もう閉店！」

目が合った。珠理の、一目でわかるほど赤面した顔が、良の目の前にあった。

互いに押し黙る気まずい沈黙。

何を言えばいいのかわからなかった。渇いた喉から出てきたのは、一番馴染んだ定型句だった。

「はい。どうも……」

「なんだそれ、ウケる」珠理は吹き出し肩を揺らして笑う。「そういやお前、あたしが図書室に放り込む前に訴訟がどうのとか言ってたの、あれなんだったの？」

「それはちょっとした手違いというか、勘違いというか……じゃあ僕も折角だから訊くけど、なんで化学室で牛タン焼いてたのか結局答えてもらってないんだけど」

「ああもう、またそれかよ。うるせえな……言えばいいんだろ言えば！」珠理は深く息をついた。「白衣を着てアルコールランプで牛タンを焼くのにずっと憧れてたんだよ！　悪いか！」

「何そのコテコテの変人キャラみたいなの」

「チャールズお前マジで何もわかってねえな。あれは夢なんだよ。漏斗とビーカーでコーヒー淹れるのと同じ！」

「同じ……？」

その時、珠理の後ろにある、店舗のバックヤードに繋がると思しき暖簾《のれん》が揺れ、一人の男が姿を見せた。

髪の八割ほどが白髪になった、髭を生やした五〇歳くらいの男性だった。長身の珠理よりもさらに背が高く、表情が読みづらかった。

純さん、と珠理がその男を呼んだ。

「……今日は賑やかだね」男は良にじっと目線を注ぐ。「お友達か、珠理。康平くんじゃないんだな」

「うん。チャールズ」

「ああ、君が……」

「安井良です。木暮さんとは、学校の同級生で」

そうか、と男は頷く。「篠原純一郎《しのはらじゅんいちろう》という。姪が世話になっていると聞いている」

こちらこそ、と定型句で応じる。珠理は〈しのはら書店〉は伯父さんの店だと言っていた。彼が店主のようだった。

篠原純一郎は、珠理の母親の兄にあたるのだという。店を手伝っていた子供が独立し、店番を任せるアルバイトを探していたところに、派手な金髪で万引き除けにうってつけの人材が親戚にいることに気づいたのだとか。

暇な店だから、と男は皮肉たっぷりに笑う。

珠理に勉強場所を与えたかったのかもしれない、とふと思った。親に言われて自分の気持ちを押し殺し、才能や興味を埋没させようとしている姪のために。

「何やら心霊現象を調べているとか」とその篠原が言った。「謎は解けそうなのか」

「念押ししたらわけわかんねーもんが出たってとこかな」珠理が答えた。「カフェイン中毒はともかく、錠剤の方がわかんねえ」

「市販品じゃなくて、それを一度砕いた私製の錠剤っぽいんですよ」と良。

「最近はこの街の暴力団も随分と大人しくなった。代わりに妙な若い連中が徒党を組むようになったが……それもハッパかクスリの類いかもしれないな」

「いや、でもTLC見る限り成分の大半がカフェインなのは確かだし……チャールズ?」

暴力団。妙な若い連中。混ぜ物の入ったカフェイン錠剤。同じ中学出身のグループ。東京から来た元ホストの男。

何かが頭に引っかかっていた。

あっ、と良は声を上げた。

「わかった。珠理さん、混ぜ物って、覚醒剤だよ！　それか何かのヤバい薬物！」

珠理は眉を寄せる。「いやいや、そんなんどこで入手すんだよ。やくざってわけじゃないし、ただの同中《おなちゅう》のグループだろ」

「東京から帰ってきた元ホストの男、須永っていったよね。彼、やくざな連中に追われて逃げてきたって獅音くん言ってたでしょ。追われる理由は？　もしも、暴力団が取り扱ってる商品を盗んで逃げてきたとしたら？　売人から、売り物の覚醒剤を盗んで逃げてきたとしたら？　それを市販の錠剤に混ぜて売り捌《さば》くことで、金に換えようとしているとしたら？」

珠理は会計台の上に身を乗り出した。「桑原陽人って大学生と商売しようとしてるって言ってた！」

「救急車を呼ばなかったのは、後輩を補導させないためじゃない。違法な薬物が混ざっていると知られることを恐れたからだよ。自分のためだ」見開かれた珠理の目を見て良は言った。

「珠理さん。例のよくわからないスポット、候補の物質をいくつかに絞り込んだら特定できる？　この前のテキサノールみたいに」

珠理は大きく頷いた。「できる。明日、放課後化学室な！」


「なんかさー、ロータリーの音が聞こえた気がすんだよ。絶対聞こえた」

「康ちゃんとうとう幻聴が」

「ちげーし。ほんとに聞こえたんだって。今朝さあ、先生たちの駐車場の方から、なんか、ギュイーンってさ。俺の耳が聞き間違えるわけがねえ」

「手を動かせし」

そんな赤木康平と林瀬梨荷のやり取りから、翌日の放課後が始まった。

珠理の号令で動員された康平は、須永が出所だという錠剤をナイフで切断し、生物室から持ち込んだ実体顕微鏡で断面を確認してはスマホのカメラを顕微鏡の接眼レンズに当てて撮影している。錠剤を一度砕いて何らかの違法薬物を混合して再度成形したのなら、混ぜ方のむらが生じているかもしれない、それを探せという珠理の命で、康平に作業が割り当てられたのだ。

その康平は、スマホで撮影した画像を吉田のPCから化学室のロールスクリーンに表示する。

「どう？　これ珠理ちゃんが言ってたやつっぽくね？」

「これは……当たりかもしれませんね」スクリーンの方を向いて、片手にレーザーポインターを持った吉田が言った。「ほら、このあたり。周りは結晶性の、きらきら光るやつですけど、ここは比較的粒子の細かいものが均一に分布していますよね。おそらく手作業での混合、成形ですから、こういうことも起きます。林さん、ちょっといいですか」

「ヨッシーに私が呼ばれるのってメッチャ珍しいような……」

「珍しく起きているので」吉田はレーザーポインターで画像の一角を囲うように示す。「赤木くんから錠剤を受け取って、この部分だけを削り出せませんか？　極細の針やピンセットがありますので、それで」

「めんどい」

「木暮さんや赤木くんよりあなたの方が、この手の作業は得意かなと思いまして。どうです？」

「……しょうがないなあ」瀬梨荷は伸びをしてから髪を後ろに束ねる。「康ちゃんは苦手そうだもんね」

「当たり前だろ。俺の手はハンドルとトルクレンチを握るためにあるんだ」

「赤木くんは引き続き似たようなものを探して、見つからなければ削り粉まで全部、捨てたり払ったりせずに集めてください」

「了解っす」と応じて康平はまた実体顕微鏡での断面観察に戻る。

吉田は続けて瀬梨荷に指示を出す。「削り出せたら、スケールは小さいですがヨウ素デンプン反応をかけてみましょう」

「それ、たぶん片栗粉だから」と白衣姿の珠理が口を挟んだ。「身近で手に入ってその手のつなぎ成分になる粉末って片栗粉かコーンスターチで、どっちもデンプンだからヨウ素デンプン反応で判別できる」

「瀬梨荷この前見てなかったよな」と康平。「青紫になるやつ。温めると消えるんだよ。知ってた？」

「康ちゃん静かに。気が散る」瀬梨荷は早速康平の隣でピンセットを手に実体顕微鏡を睨んでいる。

一方の珠理は、加熱されてスポットの浮き出たＴＬＣ板を前に、保護眼鏡を上げて言った。

「やっぱりだ。抽出を低温にするとカフェインより未知物質のスポットの方が大きくなる」

「でも、こうやって同じように抽出されてるってことは、似たような物質ってこと？」と良は応じた。借り物の白衣は肌に馴染まず、保護眼鏡越しに見る珠理の姿は少し歪んでいた。

何もかもが、普通の日常とは少し違う。転校する前に夢想した青春とも。

「水相から有機相への移行は同じように起こってるからなあ。それだけではなんともだけど、違法薬物って大体中枢神経に効く物質だし。カフェインもそうだし。同じような構造は持っていると思う。アンフェタミンかメチルフェニデートか、アルカロイドの類いかはわからんけど」

「コカインは外していいと思いますよ」と吉田。「あれは水に難溶です。最初に水に分散させて濾過《ろか》した時点で残渣《ざんさ》の方に残るはずです。微量が移行している可能性はありますが」

吉田は教室最前の教師用実験台の上に並べた分子模型のうち、とりわけ複雑で嵩張《かさば》るものを手に取った。

「あれ、コカインの化学構造」と珠理は良に言う。そして吉田の方を向いて敬語に切り替える。「その場合はどう判別します?」

「エバポレータで溶媒を飛ばして、残渣を再度溶解させてＴＬＣで展開して、なお出るなら微量のコカインかもしれません。しかしもしコカインでなかった場合、クロロホルムと一緒に揮発する可能性があります。最悪の場合みなさんがここでピンクのゾウと仲良しになるかもしれませんから、絶対にやめてください」

「それは嫌っすね」と康平。

「ミイラ取りがミイラってそういう時に言うんだよね」と瀬梨荷。

珠理は腕組みのまま、並べられた分子模型の前に移動する。彼女に従って良も移動し、うち一つを手に取った。

「これは？」

珠理が模型を一瞥《いちべつ》して言った。「それはメチルフェニデート。リタリンとかコンサータの有効成分」

「へえ……コンサータって昔の友達に飲んでる人いたけど、覚醒剤なんだ」

「毒も薬も紙一重。使い方次第だよ」

「カプセルの中身を約一二時間かけて放出する非常に特殊な剤型を取ることでＡＤＨＤ適応薬になったんですよ。有効成分の探索だけが薬の進化ではないのです」吉田は自分の言葉に頷いている。

「じゃあこっちは？」

「それはアンフェタミン」

「……こっちは。なんかちょっとだけ長いけど」

「メタンフェタミン。二つ合わせて覚醒剤の王様だな」

「シャブ、エス、スピード。様々ある俗称が示すように、最もメジャーな覚醒剤ですね。……さて木暮さん」吉田は猫背の姿勢を正した。「カフェインとの識別はＴＬＣによる標準品とのダブルスポットで可能として、これらの違法薬物である可能性がある未知物質を、どのように識別しますか？　ガスクロやＨＰＬＣ、ＮＭＲを使う前に、この実験室でも可能で、危険が小さい手段を提案してください」

「UVで芳香環を見るのは使えない。全部入ってるから」珠理はスマホを取り出し、メモアプリを表示させた。「まずはここを見ます」

　珠理が指差したのは、メチルフェニデートの、黒い球から赤い球へ二本のジョイントが伸びた部分だった。

「これ、なんですか？」と良。

「COですよ」吉田はこともなげに答えた。

「この分子模型では、黒が炭素で赤が酸素、青が窒素で水素は略されてる。C二重結合Oのカルボニル基だ」珠理は横の良に言って、正面の吉田に向けて続ける。「これの有無で、コカイン、メチルフェニデートとそれ以外を識別できます」

　吉田は眼鏡の位置を直して応じる。「いいでしょう。次は？」

「ここです」珠理はアンフェタミンの端にある青い球を指差す。「一級または二級アミンならアンフェタミン類またはメチルフェニデート、三級アミンならコカインです」

「一級……？」

「N、窒素は基本三つの結合手を持つんだけど……」首を傾げる良に珠理は未組み立ての分子模型部品から青い球を取り出して見せる。言う通り、穴が三箇所あり三方向にジョイントを挿せるようになっている。「水素以外のものが一箇所に繋がってたら一級、二箇所なら二級、三箇所なら三級になる。アミンってのはN的なやつのこと」

「アミ……アミノ酸とかの？」

「アミノ酸ってアミンとカルボン酸なんだよ。NH_2とＣＯＯＨがＣＨを挟んで、Ｃの空いた箇所にもう一つ何かくっついてるのがアミノ酸」

言う間に珠理は手早く分子模型を組み立てる。瞬く間に、珠理の掌《て》の上にアミノ酸の骨格が出来上がっていた。

吉田は小さく頷いて言った。「アンフェタミン類二種はどう識別します？」

「スポットの色で見分けます。一級と二級ですから」

「すべてＴＬＣですか。それなら、危険は小さいでしょう。加熱の際は面倒がらずに十分注意してください」

「でもこの方法、色々試薬が要ります」珠理はメモに目を落とす。「えっと……ニンヒドリン試薬とＤＮＰ試薬と、あと念押しでドラーゲンドルフってある？」

「ありますよ」吉田は、何か悪巧みでもしているかのようににやりと笑った。「本校の化学準備室にないものはありません」

「おっしゃ。やるぞチャールズ」珠理は良の肩を叩く。「ニンヒドリンは皮膚のタンパク質でも反応するから絶対手袋しろよ」

「怖っ。なんか必殺技みたいな名前もあったし……」

すると、瀬梨荷が「チャールズねえ……」と言った。

「君ら仲直りしたの？」

「なんだそれ。あたしがこんなモルモット手放すわけねえだろ」

「ふーん」瀬梨荷は口の端で笑った。「良くんやるじゃん」

「何その笑い。何もないよ」

一方、吉田が鼻歌交じりに立ち上がる。「四人。生徒が四人。熱心な生徒が四人。科学技術立国。ふふふ……」

準備室の扉が、猫背で寝癖頭の化学教師の姿を隠す。

残された四人で顔を見合わせ、珠理が肩を落として言った。

「あれさえなきゃ、いい先生なんだけどな……」


瀬梨荷と康平が集めた後混合の混ぜ物成分は、想定通りヨウ素デンプン反応に対して冷時青紫色を示し、高い確率でデンプンが添加されていることが示された。一方、良をアシスタントに珠理が実施したＴＬＣ分析により、カフェインではない未知物質の正体が明らかになった。

その未知物質は、ニンヒドリン試薬に対し黄色を示す二級アミンであり、一級アミンではなかった。ドラーゲンドルフ試薬、およびＤＮＰ試薬に反応しないため、三級アミンまたはケトン、アルデヒドが含まれる可能性は排除される。ＵＶへの反応から芳香環を持つことが示唆されている。

一方、未知物質は反社会的勢力と対立して東京から地元の前崎に逃げ帰ってきたという元ホストの須永が『商売』に用いることから、覚醒剤成分である可能性が極めて高い。グループの若者、小池海翔が中毒症状を起こしても救急車を呼ばずに処理したことからも、彼らはその非合法性を認識していると考えられた。

「結局と言えば結局なんだけど、最終的には、一番ありふれた物質である可能性が高いと判断した」黒板の前に立った珠理はそう言って、分子模型の一つを取り上げた。

作業の過程で散らばった粉末を集めていた康平と、同じように抽出に用いた溶媒類を水系と有機系で二つの容器に集めていた瀬梨荷が、そろって手を止めて珠理に注目した。PC作業をしていた吉田も腕組みして珠理を見守っている。もちろん良もだった。

一同を見渡し、珠理は言った。

「メタンフェタミンだ。一番ありふれてるってことは、一番厄介ってことでもある。強い中枢神経興奮作用があり、最初はめちゃくちゃ頭が冴えるけどすぐに効果は消えて激しい倦怠感や疲労、脱力感に襲われることになる。そこでもう一回、もう一回と摂取すると、次第に効き目が弱くなってくる。依存症が進行すると精神病のような症状が出て、まともな社会生活を送ることが困難になってしまう。薬の力に意思の力では抗えない。だから最初の一回を防ぐことが重要だ。大量に摂取すると目眩や吐き気、手脚の震えが出ることもある」

「じゃあ、あの動画に映ってたのって……」

良が口を挟むと、珠理は首を横に振る。「あれの主因は状況から言ってカフェインで間違いない。そもそも、一錠にそんな量のメタンフェタミンを突っ込んで、パシリみたいにしてる高校生に飲ませるわけがない。理由は二つ。知識があれば、危ないとわかるから。知識がなくても、めちゃくちゃ高くてそんな使い方をしたら勿体ないから。覚醒剤はグラム六万円するんだよ」

「地域によりますけどね」と吉田が補足する。「グラム六万円は警察が使う標準的な、いわゆる末端価格でして、地域によってはそれ以下の価格で取引されることもあります。品質もそれなりだそうですが」

「というわけで」珠理は分子模型を置いた。「あたしらのできることはここまで。後は警察に通報する」

康平が抗議の声を上げる。「折角ここまで調べたのに？　どうせなら俺らで須永グループやっつけようぜ。獅音くんだってあいつらに巻き込まれてたんだろ？」

「……あたしの不肖のバカ弟についてはあたしが説教するとして」珠理は首筋のあたりに手で触れる。「そもそも、覚醒剤ってのは持ってるだけで犯罪なんだ。厳密に言えば、今あたしら全員犯罪者ってこと」

「それマジ？」瀬梨荷は両手を挙げて廃液から遠ざかる。「私なんもしてませーん。知りませんでしたー。金髪の怖い人に脅されましたー」

「おいコラ」

代わって吉田が言った。「今、こうして覚醒剤であることがほぼ確定した時点で、皆さんは手を引いてください。頑張っていただいたところ申し訳ないですが。以降は錠剤も廃液もすべて僕の責任で管理し、警察とは僕が話します。今日は、実験器具の片づけ等も僕がやりますので、みなさんは帰宅してください。今後、警察から形式的な事情聴取などはあるかもしれませんが、罪に問われることはまずないでしょう。みなさんは、動画の中で悪霊に憑依されたように突然倒れた同級生の身を案じて調査していただけなのですから」

良は化学室内を見回す。康平も瀬梨荷も、これ以上混ぜ返すつもりはないようだった。

珠理がぽんと一つ手を叩いた。「じゃあそういうことで。念のため手袋とかも回収するから、持って帰ったり勝手に捨てたりすんなよ」

「それはわかったけどさ、珠理ちゃん」と康平。「もしかして俺ら、科学捜査してた？」

「その入口の入口だけどな」

「やべえ」

「洒落になんないけど、こういうのもたまにはいいね」瀬梨荷は大きく伸びをして言った。

「幽霊部員だけどもうちょっと足生やそっかな」

「はいはい、みなさん犯罪者になりたくなければ早く帰ってください」吉田は丸椅子から立ち上がった。「これ校長にどう説明しよう。安井くん、どうすればいいと思います？」

「警察が先でいいんじゃないですか？」

「ですよね。僕は非常勤講師ですし」吉田は自分に言い聞かせるように頷く。

そして荷物をまとめ、吉田に後を任せて化学室から表の廊下に出た時だった。

「珠理ちゃん、スマホ鳴ってる」と康平が言った。

マジか、と応じて珠理は鞄のポケットからスマホを取り出す。「噂をすれば獅音だよ。あの野郎あとでちゃんと説教しなきゃ……もしもし？」

立ち止まり、スマホを耳に当てる珠理。

二言三言話すと、その顔色が変わった。

「……お前、今須永と一緒なのか？」

その珠理の言葉に、先を歩いていた瀬梨荷と康平も小走りで戻った。

珠理はスマホをスピーカーホンにして、四人の中心に差し出した。

獅音の潜め声が、音量を最大にしたスマホから廊下に響いた。『あの動画撮ってたの、一磨なんだよ。だから一磨、須永先輩たちにマジでボコられてて、アップしたのがバズったせいでバレて、俺今トイレなんだけど』

康平がスマホに顔を寄せて言った。「獅音、お前今どこにいる？」

『康平さん⁉　駅前の、〈アンバランス〉ってバーっす。先輩たちの知り合いの店だっていう』

動画を撮影した日に彼らが集まっていた店だ。瀬梨荷が自分のスマホで位置を検索する。

「外に出られるか？」と珠理。「須永がヤクにハマってるなら体力も落ちてるはずだ。中学生のお前の方が走れる」

「いや危ないって」と瀬梨荷。「大学生とか塗装工の人も一緒なんでしょ。あと確か、小池くん以外に高校生が一人いるって」

『瀬梨荷さんっすか！　みんなっす。カイトくんとユーダイさん以外全員いるっす』

カイトは小池海翔。ユーダイとは、工業高校に通っているという海翔の元同級生の、土屋雄大だろう。二人以外全員ということは、店内には獅音を合わせて五人が集まっていることになる。

「……ねえ、獅音くん。安井だけど。この前会ったよね」

『良さん。忘れるわけないっす。俺、良さんに……』

「それはいい。確認なんだけど、もしかしてそこで、カフェイン錠剤を砕いて、須永が持ってる怪しい白い粉を混ぜて、もう一回固める作業をしてたりしない？」

『え、なんでわかんすか。もうヤバいんすよ。なんか俺も時給三〇〇〇円だからやれとか言われて、でもハルトさんとレントさんとか、炙ったり吸ったり、レントさんなんか注射もしてるし、なんか俺もやれとか、これって……』

獅音の声が震えている。良は深呼吸して言った。「絶対に駄目だ。それは君の人生を滅茶苦茶にする。楽しいことも嬉しいことも全部失くすことになる」

『俺がこないだ飲んだのにも入ってたんすか？』

珠理が代わって言った。「経口の場合は水溶液静注や経鼻ほどヤバい影響は出ない。お前はまだ大丈夫だ。二回目に繋がらなければ。お前と、そういう連中との繋がりは、あたしが絶対に全部絶ってやる」

『姉ちゃん』と応じた獅音の声には、嗚咽《おえつ》が混ざっていた。『俺、マジで最悪なことしちゃったかも』

「まだ大丈夫だって言ってんだろ。心配すんな」

そうじゃない、と獅音は言った。『良さん。俺、須永先輩に、誰でもいいから女呼べって言われて、ＬＩＮＥの履歴とか写真とか見られて、それで……多紀乃ちゃん呼んじゃったんす』

「は……？」

「馬鹿野郎っ！」絶句する良ごと叱りつけるように珠理が叫んだ。「駅前の〈アンバランス〉だな？　今すぐ行くから！」

『ごめん姉ちゃん。良さんも。俺……あっ』

そこで獅音からの通話は切れた。

呆然とする一同。最初に動いたのは康平だった。

「バイクで先に行く！　珠理ちゃんたちも後から来て！」

言うが早いか駆け出す康平。

だが、頷き交わした良と珠理、瀬梨荷が後を追って昇降口へ急ごうとすると、後ろから「ちょっと待った！」と叫ぶ声があった。

化学室の扉から半身を出した吉田だった。

「聞かせてもらいました。あなたたちだけで行くのはあまりにも危険ですよ」

「じゃあどうすんだよ！」珠理は怒鳴った。「待ってる間に注射とかされたら？　最初の一回を防がなきゃいけないってわかってんだろ！　獅音と多紀乃ちゃんの人生に責任取れんのかよ！」

「ええ。ですから、僕も行きます」吉田は白衣を脱いで化学室の中へ放り込んだ。「林さん。粉と廃液類を準備室の鍵付き冷蔵庫に保管お願いします。これ、鍵です」

「うわ、責任重大……」鍵を受け取った瀬梨荷は苦笑いしている。

「木暮さんと安井くんは、僕と一緒に来てください」吉田は大股で歩き出す。良は珠理と顔を見合わせる。素直についていくしかなかった。

瀬梨荷を置いて小走りで昇降口に降り、靴を履き替えてから向かったのは、校舎の裏にある職員用駐車場だった。

「クルマで送ってくれるってこと?」と良。

「まあうちの職員、大体クルマ通勤だから……」と珠理。

今一つ状況が飲み込めない二人の前に、一台のクルマが徐行で現れて停止。運転席からスマホ片手の吉田が現れる。

地面に伏せた豹のように車高の低い、銀色のスポーツカーだった。古いモデルらしく、ボディの艶《つや》は薄れつつある。そして、駐車場に低く響くエンジン音が、良の知る自動車のそれとは少し違っていた。今にも地平線の果てまで飛び出していきそうな、途切れないサウンドを発していたのだ。

吉田はスマホを下ろすと、観音開きの後部ドアを開けた。

「実は普段の通勤車が今日に限って車検でして。これは遊びクルマです。後部座席は快適には程遠いですが、どうぞ」

珠理は目を丸くしていた。「え、ちょ、ちょ、ヨッシー、これって康平が好きなやつじゃ」

「彼はRX‐7《セブン》派ですからねえ。これもロータリーですが、RX‐8《エイト》です。世の中セブン信者ばかりですが、これもいいものですよ」

「珠理さん乗って！」

「そうだった」

我に返って二人で後部座席に乗り込む。そして吉田も運転席に乗り込んだ。

「警察には状況と簡単な経緯を連絡しました。動いてくれると言っていましたが」吉田の左手がシフトノブの上を滑るように動いた。「事は一刻を争います。シートベルトをしてください」

「義務ですもんね」と良。

「いや、これは」珠理は顔を引きつらせる。「ハンドル握ると性格変わるタイプ……？」

「慌てず、急いで、安全運転。このクルマのことは、赤木くんには内緒でお願いしますね」

吉田は眼鏡をスポーツサングラスに掛け替えると、笑顔でアクセルを踏み込んだ。


バスで一五分くらいの道程が一瞬だった。

絶叫する良と珠理をよそに派手なタイヤの擦過音を鳴らしてドリフトしたＲＸ－８が、路肩の縁石から一〇センチの位置でぴたりと止まった。

「やはりリアの荷重が乗りすぎますね」と吉田は涼しい顔で言った。「着きましたよ、木暮さん、安井くん」

珠理は叫び疲れたのか肩で息をしていた。良も全身に入った力が抜けなかった。信号は辛《かろ》うじて守っていたが、快適性を一切考慮しない吉田の運転は、後部座席からは絶叫マシンも同様だった。左右に振られて互いの身体が触れることを気にしていたのは最初の数分だけであり、最後には互いの腕をひしと掴んでいた。

「やっぱり性格変わってんじゃん……」と珠理。

「いや、変わってないよ珠理さん。変わってないからヤバい」

「ヨッシー普段からこんな運転してんの……？」

「公道でパワースライドなどしたのは大学生の頃以来ですね。今回は緊急事態ですので致し方なく。本来はクローズドな場所で行うべきです」吉田は運転席のドアを開けた。

前崎駅の周辺には寂れたアーケードの商店街があるが、〈アンバランス〉が位置しているのは商店街より駅に近い、地元民より観光客や出張客、大学生などが利用することが多い繁華街だった。いわゆる盛り場であり、着飾った女性の写真が印刷されたキャバクラの看板や、怪しげなマッサージ店などの案内もちらほら見える。まだ夕方だが、それらの店に勤めているらしき女性や、同じスーツでもサラリーマンとは一見して違うとわかる夜の世界に生きる男たちの姿もある。

あそこですかね、と吉田が指差す先に、バー〈アンバランス〉の、地下にある店舗への案内看板があった。改装中、と書かれたテープが貼りつけられている。

行き交う人の視線が集まっていた。

赤いパトランプを点灯させたパトカーが二台、同じく赤色灯を灯した救急車が一台路駐されていたのだ。その隣には、白やグレーの地味な乗用車が三台並んで停まっている。

「公権力が働いてくれたようですね。納税はするものです」と吉田。

動きがあった。スーツの男に左右を挟まれた派手な髪色の男が階段から地上へと引っ張り出されてきたのだ。彼の姿には動画を通じて見覚えがあった。塗装工の永井蓮登だ。

続いて、細身のパンツにオーバーサイズのTシャツを着た黒髪の若者が同じように引き立てられてくる。大学生の桑原陽人だった。

近づいていくと、リアゲートを開いた救急車の後部に腰を預けて救急隊から応急処置を受ける中学生くらいの少年がいた。耳の周りから後頭部にかけてツーブロックにした髪型は歳に見合わず派手で、殴られたのか顔を腫らしていることから、彼が原一磨のようだった。

そして原一磨の足元に、毛布を被って蹲る、アッシュ系に染めたアシンメトリーなツーブロックの少年がいた。

「獅音！」珠理が声を上げた。

「姉ちゃん……？」顔を上げる獅音。

そして珠理は弟の元に駆け寄り、屈んで正面から抱き締めた。

獅音の手は震えていた。その手が姉の背に触れた。

「ごめん姉ちゃん。俺……」

「無事でよかった。お前、マジ心配したんだぞ」そう言うと珠理は急に獅音から身を離し、腕を摑んで内側を確認する。続いて瞼を開かせ、鼻を摘まむ。

「おい！　何すんだよ姉貴！」

「うるせえ。注射の痕とかないか見てんだろうが。何もされてないな？」

「警察の人来てくれたから」

良も歩み寄って言った。「獅音くん。多紀乃は？」

「いや、まだ来てねーっす」獅音は俯《うつむ》いて応じた。「巻き込んでごめんなさい」

「いや、来てないなら巻き込み未遂っぽいし……」と良が応じた時。

背後から、良には慣れ親しんだ声がした。

「何これ。なんでお兄ちゃんもいるの。珠理さんまで」

振り返れば、紺色のワンピースを着た多紀乃の姿があった。いつもの、少し不機嫌そうな顔だった。

「ああ、よかった……」良はその場にへたり込んだ。張り詰めていたものが切れ、アスファルトから立ち上がれそうになかった。

多紀乃は状況が飲み込めないのか左右を忙しなく見回している。「えっ……これ何？　獅音くんどうしたの？」

「色々あったんだよ」と良は応じた。「てかどうしたのその服。そんなの持ってたっけ」

「お兄ちゃんには関係ないでしょ」

「確かに関係はないけど……」

すると多紀乃は、良に目線も向けずに言った。「……男の子に誘われたから！　一応！」

「おい獅音」珠理は獅音の頭を平手で軽く叩いた。「お前後でちゃんと詫び入れろよ。そのままにしたら許さねえからな」

わかってるよ、とこれも姉に目線も向けず獅音は応じた。

良は深呼吸した。

吉田は刑事らしき男性と何か話し合っているようだった。野次馬は増えつつあり、スマホのカメラもそこかしこから向けられていた。良たちのところにも女性の制服警官が近づいてくる。先に警察官たちに連れ出された二人が、パトカーの後部座席に押し込まれている。永井蓮登は少し揉み合いになっていたが、桑原陽人の方は抵抗する素振りすら見せなかった。

逮捕された永井蓮登と桑原陽人。保護された原一磨と木暮獅音。中毒症状を起こしてこの場にいない小池海翔。土屋雄大が姿を見せなかったのは、危険に感づいたからなのだろうか。これで六人。

同じ中学校の在校生とOBから成るグループは、最後の一人が残っていた。

地下へ繋がる階段から、その最後の一人がとうとう姿を見せた。

髪をまだらな金に染めた、元ホストの須永遙輝である。敵意を孕《はら》んだ目を周囲に向けて威嚇《いかく》しながら、警察官に背を押されてたどたどしく歩いていた。手錠をかけられた拳は赤い血に汚れている。

「あいつか」と珠理が言い、獅音が頷く。

その須永が、警察官に押された拍子によろめいてその場に倒れた、ように見えた。

芝居だった。不意の動きに警察官の対応が遅れた一瞬に須永は拘束から抜け出し、猛然と走り出した。一重の目が湛《たた》える敵意は、救急車の方――良たちのいる方へと向けられた。

「カズマ！　シオン！　お前ら……」

刑事と制服警官たちが騒然となる。

原一磨は動画をアップロードしバズらせたことで、彼らの計画が発覚するきっかけを作った。獅音は姉に居場所を知らせ、警察の介入を招いた。その怒りが、須永の怒号となったに違いなかった。

良は立ち上がれなかった。

力が抜けていただけではない。これまでの人生で、こうも剝き出しの怒りをぶつけられたことがなかったのだ。須永の叫びは、離婚直前の家庭に響いていた母の叫びとは明らかに異なるものだった。

すると珠理が、獅音や良を背に庇《かば》うように立ち上がり、前へ進み出た。

「なあチャールズ。あたし理系だしさ、『走れメロス』とか教科書以外で読んだことないんだよ」

「珠理さん、何を……」

珠理は良の言葉を無視した。「でも一つだけ、すっげえ印象に残ってる台詞がある」

須永の血走った目が見開かれる。珠理が口の端で笑い、金髪がふわりと揺れる。

気づいた吉田が「木暮さん！」と叫ぶ。

多紀乃が悲鳴を上げる。

獅音が「姉ちゃん！」と声を上げる。

警官たちが口々に怒鳴る。

良も、嗄《しわが》れた声で「珠理さん！」と叫んだ。

その珠理は、風に吹かれたように横に動いて須永に道を空けた。

そして、突っ込んでくる須永の足元に、ローファーを履いた足を軽く突き出した。

全員が呆気に取られる見事な転倒だった。

足を引っかけられてバランスを失った須永は手錠のために受け身を取ることもできず、顔面からアスファルトに口づけする。その須永を、我に返って次々と集まった警官たちが体重をかけて押さえつける。

片手でガッツポーズを作った珠理は、良の方を見て言った。

「気の毒だが正義のためだ！……ってな！」


新宿《しんじゅく》・歌舞伎町《かぶきちょう》で売人から覚醒剤を盗み出し、その売人の元締めである暴力団に追われて地元に逃げ帰った元ホストの男、須永遙輝。彼を中心とした、同じ中学の出身者で構成されるグループは、市販のカフェイン錠剤を粉砕して少量の覚醒剤を混ぜて再度押し固め、かさ増しして前崎市内で売り捌くことを計画する。須永と、前崎にいた頃の彼を先輩として慕っていた大学生の桑原陽人と塗装工の永井蓮登の三人が中心となり、当初は自身の手で錠剤を製造。また、原料の一部を経口、静注、吸引などの手段で試用した。元々錠剤という形を選んだのは、時間に追われる大学生がしばしばカフェイン錠剤を服用し、注射などより錠剤の方が抵抗感がないことに桑原陽人が目をつけたことがきっかけだった。彼は、カフェインよりさらに効く眠気覚まし錠剤として、自身が通う前崎経済大学の喫煙所で覚醒剤入り錠剤を既に販売していたのである。

須永が盗み出した覚醒剤は二キログラムほどもあり、グラム六万円とした場合の末端価格は一億円を超える。これを現金化して海外へ逃亡することが須永の目的であり、それには製造のための人員が必要だった。そこで三人は、同じ中学の後輩たちに目をつけた。最初は高校生の小池海翔と土屋雄大。やがて中学生の原一磨と木暮獅音。須永たち年長三人は、彼ら四人を錠剤製造の工員として、時給三〇〇〇円で雇うつもりだったのだ。そして全員を集めての集会で、眠気覚まし効果のＰＲも兼ねて錠剤を飲ませ、この街の若者には定番の肝試しスポットである針金山トンネルに向かった。

大学の喫煙所で覚醒剤入りカフェイン錠剤を販売する行為は警察にも察知されていた。前崎中央高校科学部が調査するよりも前から警察の捜査は進められており、桑原陽人や須永遙輝も既にマークされていた。このため、吉田による通報に対し警察は即応できた。換言すれば、遅かれ早かれ彼らは逮捕摘発されていた。

それでも、現場を押さえての一斉検挙を行えたのは、科学部の調査研究プロジェクトと通報あってのこと。

「なんか感謝状とかくれるらしい。お前来る？　つーか来いよ？　来ないとかマジでねーからな」と木暮珠理は言った。

事件から一週間ほど経った休み時間の、二年F組の教室だった。珠理は良の隣である竹内淳也の席を占領しており、その竹内はというと教室の隅で梅森、松川と共に涙目でカーテンを摑んで震えていた。教室中の目線が何かと話題の絶えない金髪ギャルに注がれていたが、本人は気にしていないようだった。

「あの、珠理さん、その席……」

良が言い終わるより前に、竹内がハスキーな声で叫んだ。「どうぞっ！　使って、使ってください！」

「……って本人が言ってるけど」

「あのね、珠理さんね、本人が言ってるからオッケーっていう考え方の先に、学校や職場でのいじめやハラスメントがあるんだからね？　ナメられないってのは大事かもしれないけど、それで傷つけられる人もいるからね？」

「お前だってナメられないためにコンタクトにしたんだろ」

「それはそうだけど」と応じてから違和感に気づいた。「それ、珠理さんに話したっけ」

「なんかの流れで聞いたような」

「いや、言ってない。絶対言ってない」

「あー……そういや瀬梨荷から聞いたんだ。良くんヒミツ情報とか言ってた」

「個人情報保護法って知ってる？」

「お前なんでいちいちそう社会派なんだよ。文系か？」

「文系だけど……」

「ああもうわかったわかった」珠理は席を立ち、良の腕を引いて立ち上がらせる。「交換。お前こっち、あたしそっち。これで問題ねえだろ」

「どうだろ……」と応じつつ、良は竹内の席に座る。良の席には珠理が座る。「頓知《とんち》を利かせただけのような」

「なんでもいいだろ。とにかく、お前も来いよ。細かいことは後で連絡あるから。できれば多紀乃ちゃんにも来てほしかったけど」

多紀乃は、紆余曲折を経て東京へ帰ることになった。新しい父親になるかもしれない男との関係に不安は残るが、母が立ち直ることを信じてみることにしたのだという。

多紀乃は、母が野間口と交際しているのは母子の生活のためであり、野間口を愛しているわけではないのではないか、と疑っていた。だが、それを聞いた瀬梨荷は、『多紀乃ちゃんがお年頃だからだよ』と断言した。母親が女の部分を見せることを思春期の少女は激しく嫌悪する。だが、女を見せるとは、裏を返せば野間口への気持ちが真剣だということだ。

「瀬梨荷が言うんだから多分そうなんだよ」と珠理。「大体、生活のためってていうなら温泉旅行に多紀乃ちゃんも連れてくだろ。二人でしけこむってことはさ、多分そうなんだろ。よくわかんねーけど」

「なんかあったら今度は訴訟だって父さんも言ってたし、僕も信じてみようかなって」

「そうしろそうしろ。殴りに行くならあたしも呼べ。科学部のよしみで……」そこまで言って、珠理は眉を寄せた。「そっか。お前部員じゃなかったもんな。例の感謝状も、科学部宛てっぽくてさ。どうすっかな……」

「そのことなんだけど」良は机の横に吊った自分の鞄に手を伸ばし、封筒を取り出した。「実は珠理さんに見てほしいものが」

「おっ、現金？」

「カツアゲって封筒には入れないと思う……」と応じ、封筒を手渡そうとする。

その良の手首を、背後から伸びた別の手が摑んだ。

支倉佳織だった。顔に笑顔が張りついたような、怖い顔をしていた。

「ごめんね、安井くん。それだけは許すわけにはいかない」

「支倉さん。あの、これには色々な事情が……」

「事情は関係ないかな。駄目なものは駄目だから」

珠理はこれ見よがしに溜め息をつく。「支倉さあ、そいつ嫌がってるのわかんねえ？　やめてやれよ」

「いつも安井くんを拉致してるのはそっちでしょ」

「知らねえ」珠理は手を伸ばして良の手から封筒を引き抜いた。

声を上げる佳織。その拍子に力が強まり、良の手首に痛みが走る。

珠理は悠々と封筒の中身を取り出し、三つ折りの用紙を開く。そしてにやりと笑った。

「悪いなあ支倉。今日からこいつはあたしのもんだ」

「支倉さん放して。痛い……」

「まだ！　先生に出すまでは無効だから！」逆に手の力が強まる。良の抗議は佳織の耳に届いていないようだった。

封筒の中身は、科学部への入部届だった。

ようやく手を離して佳織は言った。「大丈夫だよ安井くん。そこのプリン頭になってるギャルに無理矢理書かされたんだよね？」

「誰がプリンだコラ。メイラード反応とメラニンって名前は似てるけど由来も何も全然違うんだぞ」

「そういう話はしてない」

「お前がプリンって言ったんだろうが」

「そもそも、いつまで金髪にしてるの？　あの先輩たちもういないのに、必要ないでしょ」

「髪の話ばっかしてるとハゲるぞ」珠理は入部届をひらひらと振る。「大体文芸部は人がいるだろ。こっちは幽霊含めて三人しかいねーんだから、譲れ」

「他を当たって」と佳織。だが直後、表情に影が差した。「幽霊……？」

「おう。昔の実験中の事故でな」

「何それ。知らない……」

「冗談だって。お前いつまで幽霊だのなんだのにビビってんだよ。〈忌書〉も〈ヨミガミ〉も

〈ハリコババァ〉も全部科学現象。わざわざ調べてやったんだから感謝しろよ？」

「そ……そんなの、わかったって怖いものは怖いんだから関係ない！」

「これだから文系は」珠理は髪の生え際に手で触れながら立ち上がった。ちょうど教室に予鈴が鳴り響いていた。「埒《らち》が明かねえ。チャールズ、放課後化学室な！」


化学室へ行くのは少し憂鬱だった。

事件後、例によって報告書を作るように命じた吉田計彦教諭は、やはり例によって参考資料の類いをファイル一式にして珠理に手渡した。そして書類が嫌いな珠理は開きもせず、結局今、その一式は良の手元にある。

開いてみると、まず最初に目に飛び込んできたのは、ネット通販の商品ページを印刷したものだった。『薬物簡易検査キット』と書かれていた。コカイン、エフェドリン、メチルフェニデート、そしてアンフェタミンやメタンフェタミンが含まれているか即座に検出できるものである。価格は五〇〇〇円ほど。これを使えば、回りくどいTLC分析をショートカットできたことになる。

しかし、吉田のメモが貼りつけられている。『木暮さんは遠からずこの手段に気づくでしょう』『ですが今回の手段なら、違法薬物だと気づいたタイミングを分析途中または完了後だと主張でき、よりみなさんの活動の合法性が高まります』『彼女がどこまで考えていたのかは、訊かないことにしましょう』と書かれていた。

完全に珠理ではなく良に向けた文面。書類が珠理の手をスルーすることは想定済みのようだった。

注目すべきは、印刷された日時だった。

珠理が不可解なスポットに気づいた日の夕方。つまり、違法薬物の可能性に良と珠理が気づいた〈しのはら書店〉での夜より、時系列的に前なのである。

思えば吉田は、図書室の忌書の時も、あらかじめ原因がテキサノールなどの物質であることに気づいていたような素振りだった。気づいていたから、珠理が標準品がないか訊いた時にすぐに用意できたのかもしれない。

〈ヨミガミ〉の時も、示温インクだと合点しかけた珠理や良、康平に、温度測定を勧めたのは、吉田だった。あの時も、温度に依存しない不可視インクの可能性に気づいていたのかもしれない。化学室にはブラックライトも常備されている。

吉田計彦はすべてをお見通しだったが、生徒たちが主体的に課題に取り組むのを陰ながらアシストしていたのではないか。

だが、その可能性について、良は自分の胸にしまっておくことにした。

生徒ではない吉田計彦は、理系ではない安井良だからこそ、自分のアシストを仄《ほの》めかしたのだ。吉田は少し性根が歪んでいるが、あくまで高校生の科学部員である生徒たちに向かって知識量で優位に立って喜ぶような男ではない。もちろん、時には生徒の生意気さに負けることもあるようだが。

その吉田計彦教諭は、化学室に集まった幽霊を含む部員たちを前にいつになく上機嫌だった。

「いや、みなさんも木暮さんの弟さんも、軽い事情聴取程度で済んで本当によかったです。小池くんも無事学校に復帰したようですし。事前に報告しなかったので校長と教頭はお冠でしたが、感謝状と聞いて掌を返しました。学校のPRになりますからね」

「なーんか、それ、嫌」と瀬梨荷が言った。「学校の評判のためにやったんじゃないんですけどって感じ。まあ私何もしてないけど」

「俺は間に合わなかったし……バイトしてデカいバイク買おうかな」消化不良が残っているような康平。だが彼にとっては、もっと大事なことがあるようだった。「そんなことよりあの時すげー速さのRX－8に追い越されてさ！　シルバーの！　RX－7派だったけど、RX－8も悪くないかも……」

「50cc以上のバイクは通学使用の許可が下りませんよ」と吉田。クルマについて語るつもりはないようだった。代わりに良に向けて言った。「畑中先生から聞きましたよ。入部届を出されたとか。歓迎しますよ、安井くん」

「はい、どうも……まあ、流れっていうか、いつの間にか型に嵌《は》められていたっていうか」

するとまた康平が手を挙げて言った。「いや、聞いて、ちょっと聞いて。俺さ、遅れて〈アンバランス〉の前に着いたんだけどさ、あそこRX－8が路駐してあったじゃん。あれ絶対俺が追い越されたRX－8だと思うんだよ。なんであそこにいたんだ……？」

「そんなことよりさ」吉田の秘密を尊重することにして良は言った。「珠理さん、どうしたの？」

言葉少なの珠理は、頻りに自分の金髪を撫でたり持ち上げたりを繰り返していた。腕を上げ下げするたびに、手首のクラウンエーテルが控え目な金属音を鳴らしていた。

「いや、黒染めした方がいいのかなって。感謝状って警察署で受け取るんだろ？　一応公の場所に出るわけだし」

「やめて」瀬梨荷が即座に応じた。「私とキャラ被るじゃん。絶対似合わないから、やめて」

「そうか？」

今度は康平が言った。「金髪なのがいいんじゃん。なあ良くん」

「うん。僕も黒染めはやめてほしいかな。新聞記事になった時の話題性とか考えると、金髪の方が美味しい」

「社会派通り越して記者目線になってんぞ」乾いた笑みで珠理は応じた。「ま、お前らがそんなに言うなら……ヨッシーは？　このままでいい？」

吉田は頷いた。「もちろん。染色とは最もプリミティブな化学的営みの一つですからね」

よっしゃ、と言って珠理が立ち上がった。

話題性のことを言ったのは、照れ隠しだった。父が言っていたことを思い出したのだ。

青春とは、鈍色《にびいろ》の日々を金色に変える、錬金術だ。

科学は現実を暴き、錬金術は奇跡を招く。今こうして、転校前には想像だにしなかった場所に座って、関わるとも思わなかった人たちと話しているのは、金色を纏《まと》った同級生が招き寄せてくれた、奇跡だった。だから彼女には、あるがままでいてほしかった。できれば生え際も染め直して。

「なーにぼんやりしてんだよ」いつの間にか正面に立っていた珠理が言った。

「いや、青春だなあって思って……」

「またそれかよ。んなことより、これ、お前の」珠理は良の座る実験台に抱えていたものを置いた。

新品の白衣と保護眼鏡だった。

「メタンフェタミンのゴタゴタで共用の白衣とか全部処分することになったから、新品買った。名前書いとけよ」

「もらっていいの?」

「部員だしな。買ったのヨッシーだけど」

その吉田は心なしか意気消沈している。「部の予算がないんです。が、安全のためなので背に腹は替えられません。大事に使ってくださいね」

ありがとうございます、と応じて、良は保護眼鏡の方を手に取った。透明アクリルの、一見するとチープで、機能だけを追求したものだった。

顔を上げると、覗き込んでいた珠理と目が合った。

「コンタクトじゃないけど我慢しろよ、チャールズ」

本書は二〇二三年にカクヨムで実施された「東京創元社×カクヨム　学園ミステリ大賞」で優秀賞を受賞した『天網恢々アルケミー』を加筆修正したものです。

著者紹介　1987年生まれ。千葉大学大学院医学薬学府総合薬品科学専攻修了。『天網恢々アルケミー』で「東京創元社×カクヨム　学園ミステリ大賞」優秀賞を受賞。

天網恢々アルケミー
前崎中央高校科学部の事件ファイル

2025年4月18日　初版

著　者　下《しも》村《むら》智《ち》恵《え》理《り》

発行所　（株）東京創元社
代表者　渋谷健太郎

162-0814 東京都新宿区新小川町1-5
電　話　03・3268・8231-営業部
03・3268・8201-代　表
U R L　https://www.tsogen.co.jp
モリモト印刷・本間製本

乱丁・落丁本は、ご面倒ですが小社までご送付ください。送料小社負担にてお取替えいたします。

ISBN978-4-488-41421-4　C0193

大人気シリーズ第一弾

THE SPECIAL STRAWBERRY TART CASE◆Honobu Yonezawa

春期限定
いちごタルト事件

米澤穂信

創元推理文庫

◆

小鳩君と小佐内さんは、
恋愛関係にも依存関係にもないが
互恵関係にある高校一年生。
きょうも二人は手に手を取って、
清く慎ましい小市民を目指す。
それなのに、二人の前には頻繁に謎が現れる。
消えたポシェット、意図不明の二枚の絵、
おいしいココアの謎、テスト中に割れたガラス瓶。
名探偵面などして目立ちたくないのに、
なぜか謎を解く必要に駆られてしまう小鳩君は、
果たして小市民の星を摑み取ることができるのか？

ライトな探偵物語、文庫書き下ろし。
〈古典部〉と並ぶ大人気シリーズの第一弾。

市立高校シリーズ第一弾

HIGHSCHOOL GHOST BUSTERS◆Kei Nitadori

理由《わけ》あって冬に出る

似鳥 鶏

創元推理文庫

◆

芸術棟にフルートを吹く幽霊が出るらしい——
吹奏楽部は来る送別演奏会のため
練習を行わなくてはならないのだが、
幽霊の噂に怯えた部員が揃わなくなってしまった。
部長は部員の秋野麻衣と芸術棟を見張ることを決意。
しかし自分たちだけでは信憑性に欠ける、
正しいことを証明するには第三者の立会いが必要だ。
かくして第三者として白羽の矢を立てられた
文芸部の葉山君は夜の芸術棟へと足を運ぶが、
予想に反して幽霊は本当に現れた！
にわか高校生探偵団が解明した幽霊騒ぎの真相とは？
記念すべき著者デビュー作。

四人の少女たちと講座と謎解き

SUNDAY QUARTET◆Van Madoy

日曜は憧れの国

円居 挽

創元推理文庫

◆

内気な中学二年生・千鶴は、母親の言いつけで四谷のカルチャーセンターの講座を受けることになる。退屈な日常が変わることを期待して料理教室に向かうと、明るく子供っぽい桃、ちゃっかりして現金な真紀、堅物な優等生の公子と出会う。四人は偶然にも同じ班となり、性格の違いからぎくしゃくしつつも、調理を進めていく。ところが、教室内で盗難事件が発生。顛末に納得がいかなかった四人は、真相を推理することに。性格も学校もばらばらな少女たちが、カルチャーセンターで遭遇する様々な事件の謎に挑む。気鋭の著者が贈る、校外活動青春ミステリ。

収録作品＝レフトオーバーズ，一歩千金二歩厳禁，維新伝心，幾度《いくたび》もリグレット，いきなりは描《えが》けない

第28回鮎川哲也賞受賞作

The Detective is not in the Classroom◆Kouhei Kawasumi

探偵は教室にいない

川澄浩平

創元推理文庫

◆

わたし、海砂《うみすな》真史《まふみ》には、ちょっと変わった幼馴染みがいる。幼稚園の頃から妙に大人びていて頭の切れる子供だった彼とは、別々の小学校にはいって以来、長いこと会っていなかった。

変わった子だと思っていたけど、中学生になってからは、どういう理由からか学校にもあまり行っていないらしい。

しかし、ある日わたしの許に届いた差出人不明のラブレターをめぐって、わたしと彼——鳥飼歩は、九年ぶりに再会を果たす。

日々のなかで出会うささやかな謎を通して、少年少女が新たな扉を開く瞬間を切り取った四つの物語。